新型コロナウイルスを乗り越えた、韓国・大邱市民たちの記録

申重鉉 [編]
図書出版 學而思 代表

CUON編集部 [訳]

JN074855

CUON

新型コロナウイルスを乗り越えた、
韓国・大邱市民たちの記録

目 次

第2部　大邱で希望を抱く

［凡例］
本文中、著者による注は ( ) 内または † 付きの脚注で、
訳者による注は〔 〕内もしくは脚注番号付きの脚注で示した。

編集者の言葉

——もっと明るい大邱(テグ)の春を待ちながら

新型コロナウイルス感染症。それは長く暗いトンネルだった。いつ始まって今日に至ったのか、思い出すことすらできない。誰がいつ、どうなるのかわからず、一寸先の見えない絶望に見舞われていた。対岸の火事だと思っていたものが、ある日突然、私たちの日常をストップさせるほど強烈な力で襲いかかり、大邱で最も熱く燃え上がった。当初、感染者は海外から入国した数人に過ぎなかったが、ある日、31番目に陽性と確認された感染者に関する報道が出て以来、大邱は世界中の注目を集める都市となった[1]。

　市民は戸惑った。街からは人通りが途絶え、多くの商店が戸を固く閉ざした。いつも見慣れた病院が修羅場と化している様子がテレビに映し出され、根拠のない噂がSNSに流れた。大邱を封鎖するらしい、人々が買いだめをしてスーパーの食料品の棚が空っぽになっている、誰かが何らかの目的で意図的にウイルスを拡散させた、○○を食べれば治る、ウイルスが変異して死滅させられないなどという話が、平静を保つのが難しくなるほどさまざまな経路で伝えられた。

　だが、奇跡が起きた。感染者の数が幾何級数的に増えようとしていた時、市民は逆に落ち着きを取り戻したのだ。寒い中で宇宙服のような防護服を着た医療スタッフが汗をかいている姿や、全国から医療関係者や救急隊員が大邱に駆けつけており、多数の後援も寄せられているというニュースは、市民に新たな希望と確

1) 韓国内で31番目に感染が確認された女性が大邱で訪れた新興宗教の教会〈新天地イエス教証しの幕屋聖殿（略称、新天地）〉関係者を調べたところ大規模な集団感染が確認され、大きなニュースとなった。

信を与えた。皆は当局の要請に従って外出を控え、ソーシャルディスタンスを守り、衛生管理を徹底した。そして徐々に元気を取り戻すと、この状況で自分が他人のためにできることを探した。困難を共にする隣人のことを考え始めたのだ。

市民は大邱のため、そして大邱を救おうと尽力している人々のために動き出した。マスクを1枚でも多く作って困っている人にあげようと一晩中ミシンを回す人、奮闘している人たちに弁当を届ける食堂、コーヒーで医療関係者に感謝の気持ちを伝えるカフェのニュースが、春風に乗って流れた。それもできない人たちは、マスクを他人に譲ったり、困っている人のために募金したりといった活動を始め、暗く長いトンネルを抜けるための希望と勇気を互いに与えた。

うれしかった。どんなに感謝しても足りない。それで、地域の出版社として何ができるか悩んだ末に、決めた。今この瞬間を記録に残し、将来、すべての人たちに他山の石としてもらおう。そうして、どんな困難にぶつかっても立ち直る勇気を持てるようにしよう。これは大邱の出版社だからできることだし、大邱の出版社だからこそ果たすべき使命だと思った。

やがてこの時間は過ぎ去り、人々の記憶の中で過去になる。その前に記録に残すことにした。大変な思いをした人々が、これを機に慰め合えるよう、それぞれ異なる職種に携わる大邱市民51人の経験談を集めた。全部は無理でも、なるべくたくさんの分野の声を残したかった。そうしてできたのが本書だ。食堂、クリーニング店などの小規模自営業者や、各分野で自分の仕

事を黙々とこなしていた人たちが、自分の身の回りで起きた変化をつづってくれた。

　どの文章にも真実があった。母親が入院していた病院でクラスター（集団感染）が発生し、患者が他の病院へ移送されるのを、マンションのベランダで泣きながら眺めることしかできなかったのが申し訳なくて、母の幼い頃の話を絵本にした娘。会社の営業を停止して深夜配達の仕事についた旅行社代表。学校が始まらないために子供を家に残して出勤しなければならない母。それぞれ立場は異なるけれど、すべてに共通するつらさが読み取れる。

　大きな反転が起きていた。驚くことに、人々はこの瞬間にも挫折せず、これを機にもっと明るい夢を見ていた。自分よりも隣人のことを心配する心の広さも文章に滲み出ていた。多くの方々は、むしろ私を励まし、感謝してくれた。気持ちをぶちまけてしまって生き返ったような気がする、吐き出してすっきりしたから新しい夢を見る勇気が湧いてきたと言って喜び、私に勇気を与えてくれた。共に再起する勇気を。

　そんな気持ちが結集し、果てしないように思えた闇が少しずつ晴れてきた。4月10日には、大邱で新型コロナの新規陽性確認者が1人も出なかったと疾病管理本部が発表した。まだ終わったわけではないけれど、51日間も閉じ込められていた暗く長いトンネルの出口が見えたのだ。希望の光だ。市民は歓呼した。私たちが成し遂げたのだ。いつ感染するかもしれない治療現場で、幾何級数的に増加する患者を振り分けて治療した医療関係者、全国から駆けつけた救急隊員や医療

関係者、政府の行動指針にきちんと従った市民、大邱のために善意を寄せてくださった全国の方々には、ひたすら感謝している。これらすべての方々と共に大韓民国で暮らしているということ、大邱市民であることがとても誇らしい。今回のことをきっかけに、どんな困難に遭っても団結すれば勝てると確信した。

　今も病院で闘病中の方々、家で自主隔離中の方々が一日も早く回復し、自由になることを願っている。疾病管理本部を始めとする公職者の方々、大邱のために全国から駆けつけてくださった皆様に、改めて心から感謝の言葉を捧げたい。

図書出版　學而思（ハギサ）　代表　申重鉉（シンジュンヒョン）

日本語版刊行にあたって

　2019年の秋、「文学で旅する韓国」ツアーで大邱を訪れました。翌年の「地域出版図書展」で大邱を再び訪れるのが待ち遠しくなるほど、本を愛する温かい人たちとの出会いがたくさんありました。よもやその数カ月後に大邱が新型コロナウイルスの猛威にさらされるとは夢にも思わず、現地の様子を伝える報道に日々接しながら、ツアーで出会った一人ひとりのことが気がかりでなりませんでした。

　本書には、見えない敵に直面し、それまでの日常と思い描いていた未来が一気に失われた大邱の人たちの心の動きが克明に描かれています。不安や苛立ちを感じると同時に、なんとか活路を見出そうと奮闘する人、周囲の人々の何気ない優しさやそれまで見落としていた身近な幸せを再発見した人も、少なくありません。手記を寄せた51人それぞれの日々のなかに、今まさにウイルスと闘っている日本の人たちの姿がオーバーラップしてなりませんでした。新型コロナウイルスには負けないという決意を本を通して伝えたいと思い、すぐに翻訳出版を決めました。

　大邱では1人目の感染者が報告されてから約50日後に新規感染者がゼロとなり、少しずつ、感染拡大が終息に向かいつつあります。全世界に広がる感染拡大が一日も早く収まることを願いつつ、この本を皆さんにお届け致します。

2020年5月

株式会社クオン　代表取締役　金承福

●大邱広域市について

　韓国南東部に位置する、ソウル・釜山に次ぐ韓国第
3の都市（人口約250万）。南北に山がそびえ、街の中心
には川が流れるなど豊かな自然を有するとともに、経
済・医療・科学技術の分野で存在感を増している都市
でもある。

　すでに統一新羅時代から地政学的に重要な地域とみ
なされていた大邱は、朝鮮王朝時代に入ると農業の中
心地として人口が増加し、1466年には都護府となり、
慶尚道行政の中心地さらには軍事上の要地となる。

　それ以後も大邱では韓国史の節目節目において、
人々が自発的に決起し、社会を良い方向へと舵を切る
ための運動が起きた。例えば、日本からの巨額の借款
を国民の募金で返済し経済的な隷属を避けようとした
「国債報償運動」（1907）、徐相日らによる大邱の3・1万
歳独立運動（1915年）、そして李承晩政権の独裁に反対
する学生たちによる2・28民主運動（1960年）などがあ
る。本書の中でも、大邱の歴史と今回の新型コロナウ
イルスとの闘いをなぞらえて描写しているものが数多
くある。

　また、大邱は豊かな文化が育まれてきた土地でもあ
る。日本植民地時代には、詩人の李相和らにより検閲
や抑圧にも委縮することがない抗日抵抗文学が生まれ
た。また朝鮮戦争時代には、ソウルなどから多くの芸
術家が戦火を逃れて大邱に移り住んだ。彼らがよく
集っていた喫茶店も、今なお大邱には残っている。

●大邱広域市の地図と本書に登場する主な施設・店舗（地区別・五十音順）

北区

東区

達城郡

西区

中区

達西区　南区　寿城区

達城郡

大邱広域市

ソウル
特別市

江原道

仁川広域市

京畿道

世宗特別自治市

忠清
北道

大田広域市

忠清
南道

慶尚北道

全羅北道

蔚山広域市

慶尚南道

釜山広域市

光州広域市

全羅南道

済州特別自治道

第1部
大邱の春を待ちながら

この時間が、どうか夢でありますように

キム・ミンジョン 大邱出版産業支援センターデジタル経済ブックカフェ代表

「当分行けそうにありません」

アルバイト学生が電話をしてきた。それは、不吉なことが起こる前触れだったらしい。

大邱市の新型コロナウイルス陽性確認者が23名になり、市民が真剣に不安を感じ出した2020年2月20日のことだ。

大邱市長基洞の出版産業支援センター内にあるブックカフェを経営していた私は、それでなくても客足が鈍っていたことに神経が尖っているのに、アルバイト学生まで私を困らせるのかと思った。

もう一日だけ様子を見てみようか。今週だけ頑張ってみるか。それにしても、売り上げが半減して困っていた。

アルバイトを使うのも無理があった。新型コロナで人々が動揺して外出を控え、会議も小さな会合も減って一週間以上過ぎたと思う。売り上げは既に半分以下になり、午前中ずっとお客さんの来ない日も半分以上あった。

それでも満2歳にもならない子供をずっと預けられないから、保育園に預けている時間以外はアルバイトを使わざるを得ない。あれこれ考えて一日を過ごした。次の日、別のアルバイト学生が電話をかけてきた。

「地下鉄に乗って通うのは危ないから、両親が行くなと言う

んです……」

　進退きわまった。そのうえ、二日後には保育園も無期限休園すると連絡してきた。

　大邱の時間が止まったみたいだ。

　一週間すると、陽性と確認された人の数が300人を超え、2月末には500人、700人……。

　感染者数の急増に、私も外出するのが怖くなり、大人も子供も家に引きこもった。スーパーでの買い物も、マスクを二重にして一人で必要な物だけ買ってすぐに帰ってくるよう夫に頼んだ。

　2月末、マンションのリビングルームから見下ろす大邱の街は人通りがなく、真昼でも早朝のように静かで重苦しかった。時折通る人がいれば変な気がして、外に出たらいけないのにと、知らない人が心配になったほどだ。

　自分が、そして自宅がこんなふうだから、ブックカフェを開けるのは、とても恐ろしくて不安だった。新天地教会の信者や感染者が来たりすれば、建物全体が閉鎖されかねない。

　外部の人が一番たくさん訪れるブックカフェが、出版産業支援センターの建物に被害を与えてはならないと思った。しかし、アルバイトの給料も払わないといけない……。賃貸料、税金など、あれこれ考えると、店を閉めるのも悩ましかった。

　自営業、特に飲食業は、材料を受け取ってから1週間以内に使ってしまわなければならない物がたくさんある。ちょうど前日に仕入れた物が店にたくさん置いてあった。店を閉めたらすべて在庫として抱えなければならない。金額にすると……。考えただけで腹が立った。どれもお金がかかっているのに、捨てなければならない。

だが文句を言っている場合ではなかった。

公共機関にあるブックカフェだから、少しでも危険だと思ったら真っ先に店を閉めて安全になるまで待ち、一番最後に店を開けて、ソーシャルディスタンスを守ることに協力すべきだと思った。

少なくとも学校が始まるまで、新型コロナウイルス拡散を防ぐために私ができることは、他になかった。大金を寄付することもできず、医療技術もないから病院の仕事を助けることもできない。それに、弁当を寄付する人たちみたいに料理上手でもない。私にできるのは、カフェの運営を中断し、家で自主隔離することだけだと思った。

売り上げがないから経営や生活が苦しいのは、誰も同じだ。困っている人がたくさんいるのは言うまでもない。2月末になると、あちこちから決済してくれという連絡があり、アルバイトの給料も出さないといけなくなった。収入があってこそ支払えるのに、売り上げそのものがないから、すべてが苦しかった。私だけではなく、相手もつらいとわかっている。何とかして払わなければならない。足りないお金は、なんとかやりくりして済ませた。

爽やかな春の雰囲気を演出するために買っておいた小物や、流通期限が過ぎて捨てなければならない材料、お菓子やパン……。たいしたことではないように見えるかもしれないが、私にとっては小さなカップ1つ、お菓子1つだって大事なのだ。すべて在庫となり、廃棄しなければならない。

2月20日からカフェを閉めたのに、もう40日が過ぎ、4月になった。

明日は大丈夫だろうか。明日は店を開けられるかな。テレビで毎朝10時の発表を見ながら、仕事に復帰する日を待っていた。来週から元通りオープンできるか？　やっぱり明日も駄目だな。あと1週間、あと1週間と思いながら、今まで待ち続けた。

　その間、大邱は、他の地域から訪れることも、大邱から他の地域に行くことも控えるような隔離状態になっていた。

　学校の新学期はまた先延ばしにされ、大学修学能力試験も延期されると発表された。国全体がそうなのだから、自分のことばかり考えるわけにはいかない。そうだ、自分ではどうにもならないことなら、国から言われたとおりにしようと思った。

　かくして、私にとっては何より大事な仕事場であったブックカフェを閉め、徹底的にソーシャルディスタンスを守った。

　それでも私は生きていかなければならない。いつかはこのうんざりするような感染症の流行も終わるだろう。営業できない長い空白期間、収入のない状態がいつまで続くのか、正直わからないという不安を持っている。だが、どうしようもないではないか、こんな状況なのだから。今は、特別災難地域支援金の条件を調べて、申請の準備をしている。

　平凡な日常の大切さとは、こういうことか。一日一日を一生懸命生きて、その代価として生活していた時間がどれほど貴重なものだったかを、改めて感じている。

　今日の昼にはマスクを二重にして、ブックカフェにある鉢植えが枯れないよう、水をやりに行った。建物の入口で熱を測り、異常がないことを示さないと入れてもらえない。毎日出勤していた所なのに、名前や住所を書き、手を消毒して、ようやく中

に入れた。

　いつの間にか徹底的な消毒で武装したその建物は、お客さんが気楽に出入りできる場所ではなくなっていた。

　2階に上がってブックカフェのドアを開けると、あんなに明るくて暖かかった所が、暗く沈んでいた。入った瞬間、お客さんたちが本を読んだり、談笑したりしていた姿が思い浮かんで、なんとも言えない気持になった。すべてを失ったような気がした。

　すぐ前にある〈笑顔アートセンター〉のプールで泳ぎ、いつも髪が生乾きのまま店に来ておいしそうにコーヒーを飲んでいた、私と同じぐらいの年頃のお客さんや、待っていたみたいに朝一番に店に入ってきてお茶を一杯注文し、静かに本を読んでいたお客さん……どの人も、とても恋しかった。

　今日、午前に発表された大邱の陽性確認者は60人だ。累積数は6千人をはるかに上回る。感覚的には、通り過ぎる人10人のうち1人か2人は陽性ではないかと疑ってしまう。

　昨日は14人だったから、4月にはひとケタになるのではないだろうか、通常営業に戻れるのではないかと思っていたのが、また駄目になった。いつかひとケタ、いやゼロになるだろうか。新型コロナ以前に戻るには、どれほどの時間がかかるのだろう。実に長く、退屈な時間の連続だ。

　それでも仕方がない。私だけではないから大丈夫だ、大丈夫だと自分に言い聞かせる。大邱のために命懸けで働いている人たちの苦労に比べれば、まだ楽に過ごしているではないか。それに私は強制隔離されたのでも、感染して入院したのでもない。なんとありがたいことか。

私も、大邱市民も、いや国民すべてが、打ちひしがれてはならない。大丈夫だ、大丈夫だ、もうすぐ良くなる。みんながそんなふうに励まし合わなければ。私たちには、また日常を取り戻すという希望があるのだから。

　これが夢ならいいのに。本当に、夢じゃないだろうか。映画「FLU 運命の36時間」〔監督キム・ソンス〕を見て怖かったから、今、悪夢を見ているのではないかな。夢ならどうか、早く終わっておくれ。

あなたがたが李相和であり、柳寛順、安重根です[1]

クォン・ドフン 李相和生家カフェ〈ライラックの庭1956〉代表

　大邱に新型コロナウイルス感染症の患者が発生してから50日余りが過ぎた。発生当初から、自分に起こったできごとを折にふれて記録していた。そのメモを中心に構成する。

2020年2月14日（金）

　ポン・ジュノ監督が映画「パラサイト　半地下の家族」でアカデミー賞作品賞など4冠を獲得して国威を発揚していた頃、中国で始まった新型コロナウイルスの脅威が迫ろうとしていた。消毒器を買ってカフェのあちこちを消毒し、スプーンや箸を煮沸し、二日に一度大掃除をする。

2020年2月24日（月）

　31番目の感染者が大邱に発生して以来、カフェにはお客さんが一人も来ない。お客さんがいないから、これまで描きたいと思っていた絵を描くことにした。〈李相和の木〉と呼んでいるライラックの木の絵を、何日もかかって描いた。きれいに咲いた樹齢200年のライラックの花の下に、マスクをつけた李相和がいる。植民地支配の下、「奪われた野にも春は来るか」という詩

1）李相和（1901〜1943）は詩人、柳寛順（1902〜1920）は3・1独立運動で万歳デモの先頭に立って投獄され、拷問を受けて死んだ女学生。安重根（1879〜1910）はハルビン駅頭で伊藤博文を暗殺した独立運動家。

で日本に抵抗した民族詩人、李相和。彼の生家の庭で花をつけたライラックの古木。春を奪われコロナに支配された今、李相和を思う。そして今日からカフェを閉める。

2020年2月29日（土）

　カフェを閉めて6日目。

　4年間かけて空き家を修理し、カフェとカルチャー空間を運営して2年。ろくに休みも取らずに営業してきた。商売は初めてだったから、さまざまなことを学び、慣れるのに必死だった。なのに、新型コロナが強制的に休暇をくれた。カフェは閉めたけれど、毎日決まった時間に出勤し、これまで読めなかった本を読んだり絵を描いたりして、少しゆったりした生活を楽しんでいる。商売ができない不安も大きいけれど、強制休暇がくれる余裕に、少し酔っている。

　だが連日報道されるコロナ関連ニュースによると、僕の所からわずか10分の距離にある大邱東山病院が地域拠点病院に指定されたらしい。それと共に、全国から医師や看護師など医療関係者が志願して大邱に来たことも報じられた。その頃カフェによく来ていたお客さんが、その病院の消息を教えてくれた。志願して大邱に来た医療スタッフは、「病院の葬儀場[2]に寝泊まりして診察に当たっている」というのだ。それを聞き、胸が塞がった。その葬儀場は数年前、末の弟と、共同で事業をしていた先輩を見送った所だったから、いっそうつらかった。コロナのせいで何もできないでいるこんな時に、恐ろしい病気の前に駆けつけてくれた人がいると思うと、僕もじっとしていられなかった。一方、病院にいる知人から、そこにはインスタント

2）韓国の大きな病院は、葬儀場を併設していることが多い。

コーヒーはあるけれど、ちゃんとしたコーヒーはなかなか飲めないと聞いた。それで、コーヒーの卸売り店に行ってダッチコーヒー〔水出しコーヒー〕の器具を買い、医療スタッフが短い休憩時間に飲めるよう、ダッチコーヒーを準備した。

2020年3月1日（日）

3・1独立運動〔万歳事件〕101周年。

日本の植民地支配に命懸けで抵抗した殉国の士を思う。

新型コロナウイルス支配下の大邱に自ら飛び込み、病院の葬儀場に寝泊まりしながら奮闘する方々は、英雄だ。また、見えない所でワクチン開発に取り組んでいる方々は、李相和、柳寛順、安重根だ。〈奪われた春〉はきっと取り戻せる。医療スタッフにコーヒーと一緒に渡す応援メッセージを、カリグラフィーで書いた。

2020年3月2日（月）

最初の希望コーヒー爆弾、投擲。

大邱東山病院に爆弾を投げた。誰に命じられたわけでもないのに、わざわざよその町に来て病院を掌握している人たち。葬儀場をホテル代わりに、病院中を自分の家みたいに闊歩しながら何日も陣取っている人たちに、コーヒー爆弾を投じた。

2日間準備したコーヒーの量はどれほどもなかったけれど、これで終わると思ったら大間違いだ。あなたがたが大邱を出るまで、僕が、また他の誰かが、ずっと爆弾を作りますよ。大邱の熱い味を見せてやる！

2020年3月4日（水）

希望のコーヒー爆弾、2回目の投擲。

普段は車でぎっしりの駐車場ががら空きで、向かいの西門市場<ruby>西門市<rt>ソムン</rt></ruby>場も人がいない。

2020年3月5日（木）

大邱東山病院にいる密偵（？）から連絡が来た。くたくたになった看護師さんのポケットにコーヒー爆弾を1つずつ入れてあげたら、ありがとうと言って笑顔を見せてくれると。よし。爆弾はちゃんと爆発している。

応援メッセージを送ると、こんなことがあったと言って写真を送ってきた。病院に、応援メッセージ用のホールができたという。野を奪われてはいけないという気持ちが結集したのだ。

2020年3月5日（木）

数日前、作曲家のイ・ジョンイルさんがカフェに来た。李相和の木の下で歌を歌ってYouTubeにアップした。次の日、クォン・ギチョル画伯がやって来た。クォン画伯は高校の美術部の先輩だ。クォン画伯に、この困難な時期に苦しんでいる人たちのために、芸術家たちに呼びかけて無観客公演をしようと提案したところ、快諾してくれた。それで、新型コロナでつらい思いをしている国民、特に大邱市と慶尚北道<ruby>慶尚北道<rt>キョンサンプクト</rt></ruby>の人々を慰めるために芸術家たちが才能を寄付するコンサートを企画した。

2020年3月6日（金）

大邱東山病院に3回目の爆弾投擲。いつ終わるかわからない恐怖、いつ自分が罹患するかわからないと知りながらも、彼らはその真っただ中にいる。このコーヒー爆弾で少しでも彼らが幸せなことを思い出してくれればと思う。

3回目からは同志ができた。〈イェソムヨガ〉のイ・イェソム院

長、某高校のソン・ジョンナム先生、光復会大邱支部のノ・スムン支部長、t-broad〔CATV事業者〕のウ・ソンムン局長、大邱韓国日報のキム・ユンゴン編集長、それに病院に潜入している密偵（非公開）だ。

2020年3月7日（土）

　新型コロナウイルス退治！　李相和生家のライラックの庭で、最初の無観客コンサートを開いた。

　作曲家イ・ジョンイルさんと娘のスアさん、息子のジュヌ君が才能を寄付してくれて公演をした。約30分の公演はFacebookライブで流され、YouTubeでも中継された。

2020年3月8日（日）

　大邱東山病院で活動している密偵（？）が写真を送ってきた。

　医療スタッフのために描いたカリグラフィーの応援メッセージを、病院の院長が額に入れて状況室に掲げてくれたと言い、院長がその前でコーヒーを両手で持っている証拠写真まで送ってきた。僕のほうが応援されている気がした。

2020年3月9日（月）

　待つ。4回目の爆弾投擲のため、大邱東山病院前で密偵を待つ。

　横で、おばあさんが誰かを待っている。そのおばあさんが待つ間、横で待ってくれている警官がいる。新型コロナウイルスのせいで死境をさまよう患者の横に、医療スタッフがいる。彼らが任務を終えて帰るまで、僕たちは待つ。共に。

　コピーライターのチョン・チョルさんは、著書『人間事典』で、待つことを「人生の約半分。しかし待っても、その約半分

は会えずに終わる」と書いている。

　今日はとてもいい日だ。待っていたおばあさんは息子に会った。僕も密偵に会った。人生の半分は人に会うことだ。みんなが会える日を待っている。

　4回目の爆弾はイ・イェソム院長、ソン・ジョンナム先生、ノ・スムン支部長、ウ・ソンムン局長、キム・ユンゴン編集長、エドゥウィンのチョン・ヒョクチョン代表、そして密偵と一緒に投げた。

3月11日（水）

　大邱東山病院に5回目の爆弾投擲。

　今日は李仁星記念事業会理事長のイ・チェウォン先生と一緒だった。応援しにライラックの庭に来てくれて同行した。

　鄭玄宗の詩「訪問客」を思い出す。

　「人が来るということは　実はとてつもないことなのだ」

　イ・チェウォン先生は李仁星画伯の息子さんだ。

　最近、ライラックの庭に近い、大邱市中区の寿昌小学校裏に引っ越したそうだ。お父さんの歩いた道を歩きたくて。

　今日のコーヒー爆弾はイ・チェウォン先生と投げたけれど、李仁星画伯も一緒だ。密偵は、マスクをしていても笑顔が見える。^^

　爆弾はイ・イェソム院長、ソン・ジョンナム先生、ノ・スムン支部長、ウ・ソンムン局長、キム・ユンゴン編集長、チョン・ヒョクチョン代表、そして密偵と一緒に投げた。

3月12日（木）

　新型コロナウイルスの支配！

　経済を活性化するため、李相和生家ライラックの庭コンサー

トを、オンラインで開催した。テーマは「奪われた大邱と慶北の春を求めて」だ。

　2度目のコンサートは、クォン・ギチョル画伯のカリグラフィーパフォーマンスと詩人イ・ユソンさんによる、詩を表現したパフォーマンス、朗読など盛りだくさんだった。TBC〔大邱放送〕「文化でいっぱい」の撮影チームが来て撮影していった。

3月13日（金）

　大邱東山病院に行ってきた。

　コーヒー爆弾6回目！

　今度はハチミツも一緒に投げた。TBCの放送作家ペ・ジョンヨルさんのお父さん（〈ペ家のハチミツ〉代表ペ・ギハンさん）が慶州（キョンジュ）で養蜂をしていて、大邱で苦労している医療スタッフにハチミツを渡してくれといって送ってきた。今日、コーヒー爆弾と一緒に、病院で頑張っている密偵にちゃんと渡した。密偵は、病院や医療スタッフの宿を回り、各所にうまく爆弾を設置している。

　爆弾はイ・イェソム院長、ソン・ジョンナム先生、ノ・スムン支部長、ウ・ソンムン局長、キム・ユンゴン編集長、チョン・ヒョクチョン代表、そして密偵と一緒に投げた。

3月16日（月）

　今日は大邱カトリック病院に7回目のコーヒー爆弾を投げてきた。密偵が投擲目標をそこに定めたからだ。ライラックの木に新芽が出たけど、まだ春とは言えない。日常を失った人たちのために、今もコールドブリューは地球の重力に従って、一滴ずつコーヒー爆弾を落としている。

　イ・イェソム院長、ソン・ジョンナム先生、ノ・スムン支部長、

ウ・ソンムン局長、キム・ユンゴン編集長、チョン・ヒョクチョン代表、そして密偵と一緒に爆弾を投げた。

3月19日（木）

頬を左右から殴られた。

髪を乱し、服の裾を揺らす。ぼんやりと一方的に殴られているのに、いい気分だ。

風が吹く。酔っ払った時、風が気持ちいいので口を開けて風を呑みながら歩いて帰宅したことがある。その後、三日間寝込んだ。

大邱東山病院に8回目の爆弾投擲。

病院に人間の花が咲いていた。花みたいな人たちが看護をしている。揺れない花、一日も早くその人たちが家に戻れますように。

一緒にコーヒー爆弾を作っているイ・イェソム院長や、コロナのせいで入学して一度も学校に行けないでいる大学生の息子と一緒に、西門市場で遅い昼食を取った。まだほとんどの店は閉まっているけれど、近いうちに活気を取り戻しそうな雰囲気が漂っている。風は市場にもついてきて、首をうなだれさせる。うなだれたまま願う。ウイルスよ、風と共に消えてくれ。

爆弾はイ・イェソム院長、ソン・ジョンナム先生、ノ・スムン支部長、ウ・ソンムン局長、キム・ユンゴン編集長、チョン・ヒョクチョン代表、そして密偵と一緒に投げた。

3月22日（日）

ライラックの庭、3回目のコンサート！

劇団イェジョン代表の俳優イ・ミジョンさんと、農楽のチャンゴ打ちで〈メグ〉代表のイ・ホグンさんの公演があった。新型

コロナウイルス退治を願うクッ〔祈祷の儀式〕「牛のクッ/So Good」が行われた。まるでほんとうのムーダンのクッみたいだけれど、芝居の一場面をオムニバス形式で再構成した作品だ。新型コロナウイルスをアンドロメダに送るための、芸術家たちの魂が込もった動作に、ライラックの庭が熱気を帯びた。

3月23日（月）

大邱東山病院に9回目のコーヒー爆弾を投げた。

ここに来るたび、葬儀場を見るたび、ここで見送った弟と、先輩のことを思い出す。今日は末の弟の3周忌だ。生きていることに感謝して春を迎える。

コロナで死境をさまよう患者たちが、無事に家に帰れることを祈った。患者と看護する医療スタッフが、みんな無事に帰れますように。

爆弾コーヒーはイ・イェソム院長、ソン・ジョンナム先生、ノ・スムン支部長、ウ・ソンムン局長、キム・ユンゴン編集長、チョン・ヒョクチョン代表、そして密偵と一緒に投げた。

3月28日（土）

ライラックの庭で4回目のコンサート！

詩人オ・ヨンヒさんの詩の朗読と、テノール歌手ヒョン・ドンホンさんの歌で、無観客コンサートを開いた。オ・ヨンヒさんが李相和宛ての手紙を読んでコンサートが始まり、ヒョン・ドンホンさんの力強くも甘い歌声が、春の夜の庭に響き渡った。

3月30日（月）

大邱東山病院に行ってきた。

今日で最後の、10回目の愛のコーヒー爆弾。2月29日から一

滴ずつコールドブリューを集めて爆弾みたいな容器に入れ、医療スタッフに渡してきた。4秒に1滴、0.2mlのコーヒーが重力によって溜まる。1回に100個、合計1,000個の爆弾コーヒーが、120万秒（時間にすれば333.3時間）、27日間にわたって、医療スタッフの汗のように集まり、彼らに渡った。

先月、何もかも初めての状況にうろたえていた時、全国各地から医療関係者が大邱にやって来て、人々が恐ろしい新型コロナウイルスで命を失ったり、家族と隔離されたりしていた大邱東山病院に集結した。自分の診療所を閉めて駆けつけた医師、勤務している病院から休暇をもらってきた看護師、昼は働き、夕方ボランティアに通う弁護士や作曲家もいた。誰に言われたわけでもないのに、こんな所に。宿がなくて病院の葬儀場に寝泊まりしているという話を聞いた時は、ショックでしばらく空ばかり見上げていた。

僕にできるのはコーヒーをいれることだけだから、最初の2、3日は水出ししたコーヒーを病院にいる密偵（カフェにお客さんとして来ていた病院関係者）に渡し、医療スタッフに配ってもらった。そして感謝のメッセージをカリグラフィーで書き、宿舎に貼ってもらった。数日後、病院の院長が額に入れて状況室に掲げたと言って、証拠写真まで送ってくれた。僕の応援に、医療スタッフを代表して答えてくれたのだ。僕もまた、新型コロナで落ち込んでいた気持ちが励まされた。

医療従事者の苦労を知らせるためSNSにアップすると、3回目からは参加したいと言って応援してくれる人が出てきた。その方たちに助けられながら、今日まで爆弾を運んだ。2月24日から閉めていたカノェを35日ぶりに開けて、用心しながら日常に戻ろうと思う。

冬の終わりには葉っぱもなかった李相和の木に、花が咲い

た。大邱と慶北の芸術家たちは、日本の支配下で命を懸けて抵抗した李相和の生家の庭で、新型コロナウイルスに奪われた春を取り戻し、つらい思いをしている人たちを応援するためのコンサートを、週に一度ずつ開いている。

コールドブリューでコロナブルーを消して春を取り戻し、日常に戻れればと願っている。これまで応援してくださった皆様に感謝の言葉を伝えたい。一緒に働いてくれたイ・イェソム院長と密偵には、特に感謝している。

4月3日（火）

新型コロナウイルス退治！

ライラックの庭コンサート！

5回目は、内房歌辞（ないぼうかじ）文学会会長の詩人クォン・スッキさんと、大邱女性博約会内房歌辞班総務のチャン・ヒャンギュ先生が登場する。

「内房歌辞と花煎（ファジョン）3）で、新型コロナで落ち込んだ気分を上げよう」というテーマで準備し、山で摘んできたツツジの花で花煎を焼いた。そして、現状を内房歌辞の韻律で表現した文章を、伝統的な方式で詠じた。古（いにしえ）の女性たちの人生や哀歓が込められた内房歌辞を紹介し、ライラックの木の下で花煎を作り、コロナブルーに打ち勝つことへの願いを伝える。

4月8日（水）

新型コロナウイルス克服と経済活性化のための、李相和生家ライラックの庭コンサート！

6回目は作曲家、歌手、演出家として有名なジヌさんと、詩

3）米粉や小麦粉を平たくこね、花びらをつけて焼いたお菓子。

人であり詩の朗読家であるイ・ギョンスク詩朗誦アカデミー代表による、歌と詩の朗読だ。

　ライラックの香りが立ち込めた庭に、ジヌさんの柔らかなギターの音色と魅力的な歌声が響き、李相和の「池畔静景」を朗読するイ代表の姿が、リアルタイムでネットに流された。

4月12日（日）

　新型コロナ克服！　経済活性化のための李相和生家ライラックの庭オンラインコンサート開催。

　7回目は、パンフルート演奏家ソン・パンウォンさんを迎えた。

　パンフルートの演奏と共に、ライラックの花を散る前に見せたくて、前回のコンサートからあまり間を置かずに開催した。

平凡な暮らしが幸福な暮らしだ

キム・ボヨン エリム音楽教習所院長

　私の教室は、寿城区（スソン）の住宅街にある。習いに来るのはほとんど幼稚園児か小学生だ。だから今回の新型コロナウイルス感染症で最も早く影響を受けた場所のうちの一つだろうと思う。

　小さな子供が多いので、新型コロナが流行し始めると同時に、レッスンを中止してくれと言い出す親御さんが少なくなかった。うちにも小学生の子供がいるので、親の立場からしてもその心配は当然に思えた。それで、親御さんたちにその気持ちを伝え、レッスンを中止してほしいかどうかをメールで全員に尋ねた。その結果、ほとんどの人が、子供を通わせるのは怖いと答えた。

　それでひとまず、2月19日から2月末まで教室を休むから子供を来させないようにとメッセージを送り、教室を閉めた。3月になれば、すべて解決するだろうと思っていた。

　いつもしていたことをやめると、多くの変化があった。最初の一日か二日は、公休日みたいな感じがした。どうせこうなったからには、これまでできなかったクローゼットの整理や、家の中の片付けをして過ごそうと思い、あまり退屈はしなかった。しかし日が経つにつれ、いらいらしてきた。

　感染者数が日に日に増えるのが恐ろしかった。収入がなくなることよりも、自分や家族が感染するのが、まず怖かった。それに、ひょっとして教室に通っていた子供たちの家族が感染し

たのではないかと思うと、ぞっとした。何も手につかず、ニュースだけを見て時間を過ごした。外出は夢にも考えられなかった。子供たちにも外に出ることを禁じた。家の前のスーパーに行くことすら、感染した人が来ていたのではないかという想像が頭を離れず、怖かった。

　3月になればすべてが終わるという期待ははずれ、さらに絶望させられるようなニュースが伝わった。すべての学校の新学期を延期するというのだ。すると、もう何も計画できなくなった。それでも月末には各種の料金や教室の賃貸料がきっちりと引き落とされた。その時から3月が心配になり始めた。3月に月謝がまったく入らないことを考えると、また心配の種が増えた。

　もはや自分にできることは何一つないという思いに、生活自体が無気力になった。ニュースでは宗教団体や病院で集団感染が発生したという消息が次々と報道された。マスクを買う人で数百メートルの行列ができたし、銀行の前にもお金を借りる人の行列ができた。そんなものをみるたび、これはただごとではないと思った。私1人のことではなく、国全体がこんなふうなのだから、もっと深い淵に陥って抜けられなくなるかもしれないと思い、ますます怖くなった。

　新型コロナウイルス感染者のニュースに続き、政府が小規模自営業者や国民に生活安定資金を支援するというニュースも報道された。どの地域ではいくらくれた、どの地域ではどういうふうに自営業者を支援しているという話があったけれど、私が情報に疎かったせいか、大邱で何かが決定されたという話は聞けなかった。

　その時、気づいた。私だけがこんなつらい状況にいるのではない。こんなふうに心配ばかりしながら無気力でいるのではな

く、どうにかして生き延びなければという気が、突然起こった。収入のない状態で、当座必要な生活費や各種の料金を解決することが先決だ。いつまでこの暗い時期が続くのかわからないから、自営業者向けの融資について調べるなどして、しっかり心の準備をした。

　そう決心すると、新たな力が湧いてきた。教室に来ていた子供たちに会いたい。だから1人ずつ、元気でいるか、あなたたちに会いたいとメッセージを送った。そして、時間のある時にマスクをして家の近所の川辺や、人の少ない公園を散歩することにした。車も人もいない通りを見ると、渋滞で不満を言っていた頃が懐かしくすらなった。一日でも早く、あの日常に戻りたい。

　学校の新学期がまた延期されたというニュースを聞き、閉まっている商店を見ると、自分が教室を閉じたことよりも胸が痛んだ。あの人たちの中には、私より困っている人が絶対いるはずだ。

　時間が経つにつれ、いっそう子供たちに会いたくなり、幻聴まで聞こえ出した。そんな日にはピアノ教室に入り、誰も入ってこられないよう内側からロックして、1人で思い切りピアノを弾いた。最初は子供たちのいない教室に足を踏み入れることすらいやだったのに、いざピアノを弾いてみると、胸のつかえが少し取れた気がした。

　2カ月過ぎた今、幸い感染者はずいぶん減ったそうだ。毎日発表される陽性確認者の数に一喜一憂していたのも、ちょっと落ち着いた。すると、遠からず元の日常に戻れるだろうという希望も、徐々に湧いてくる。

　早くいたずらっ子たちに会って、楽しくはしゃぎたい。以前よりも良い生活ではなく、以前の日常でいいから、早く戻りた

い。すぐにまた、子供たちの弾くたどたどしいピアノの音が近所に響くようになるだろうと信じている。

一日も早く全ての人が
日常に戻れるように

キム・チャングン ハニル・クリーニング代表

「春来たれども、春に似ず」とは、中国のどの詩人の言葉だっただろうか。今年はまさにその言葉どおり、春は訪れたのに春らしくない。想定外のコロナという招かれざる客が押し寄せ、春の季節は独り訪れ、去っていきそうだ。

韓国における新型コロナの最初の患者は、1月20日に確認された、中国の武漢から入国した34歳の女性と言われている。感染確認者第1号というわけだ。これ以降、散発的に感染確認者が発生していたが、大邱広域市南区大明洞にある新天地教会で、31番目の患者に関連付けられる感染確認者が幾何級数的に増加し、わずか数日で感染確認者が数千名になった。一瞬のうちに押し寄せる津波のように、瞬く間に感染が広がっていく状況に、この街のあらゆる人々が極度の恐怖に襲われた。まさに目に見えないウイルスとの戦争開始だった。一日に数十回救急車のサイレンが聞こえるたびに襲ってくる、締め付けられるような緊張感と恐怖は、言葉では表すことができない！

今回の新型コロナウイルスは、感染力がMERSやSARSの1,000倍にもなると言われる上に、エアロゾル感染という説まである。ぞっとするような話が飛び交った。新天地教会は、うちのクリーニング店からわずか1.5kmの距離なので、明らかにこの近所にも、いや、うちの店を訪れた患者がいるだろう。そう考えてはどれほど気を揉んだことか……。幸いなことに、う

ちの店の顧客の中には今のところ感染確認者がいないようだ。

　そう考え及ぶと、経営者である自分の対応が問題になった。営業を続けていけば、今後どのようなことが起きるのか……。悩んだ末に一週間ほど店を閉めることにした。コロナ拡散防止という点から、しばらく店を閉めます、と短く書いた張り紙をガラス戸に貼った。

　2月21日から1カ月は店を閉めたように思う。最初は、一週間、たった一週間閉めるだけだと思っていたが、どんどん延びていき1カ月になってしまった。それでなくとも少ない収入がひと月分全て無くなるものだから、通帳の残高が徐々に底を尽き始め、不安で家にじっとしていられなくなった。感染確認者が減ってきたようなので、数日前から短時間だけ店を開け始めた。しかし店を開けたものの、常に不安が付きまとう。もし顧客の誰かに感染確認者が出たら、疫学調査でもすることになったら。それこそ大変なことになりかねない。目に見えないウイルスとの闘いは、本当に苦しいものだ。ましてや今度のウイルスは無症状のまま他人にうつすこともあるというのだから、一体どうしろと言うのだ。町で小さな店を営む私がこんなに苦しく大変なのだから、今この瞬間も病院で感染確認者の対応をしている医師や看護師など、ろくに眠らず危険を顧みず最前線でウイルスと闘っている方たちのご苦労は、言葉で言い尽くせないほどであろう！　まさに現代を生きる英雄だ。数えきれないほど何度もそう思った。

　本日4月6日時点で一日100名前後の感染確認者が出ているという。米国は感染確認者が33万名、死亡者が9千名、イタリアも感染確認者が12万名、死亡者が1万5千名。フランス、英国など、ヨーロッパの各国が阿鼻叫喚の状態だ。この戦争は一体いつになったら終わるのか。目の前の現実を見ると、暗いト

ンネルを果てしなく歩いている気分だ。幸いにも韓国では、イタリアや米国のように死者が多数出ていないので、多少は胸を撫で下ろすことができそうだ。人の命が大切でないわけがない。亡くなった人たちの気の毒なニュースを聞くたびに、憂鬱な気持ちを拭えない。

　私が住んでいるところは、大邱広域市南区大明洞の高台にある一棟建ての小型マンションだ。幸いにも前後を遮るものがなく、眺めは良い方だ。店を閉めてから数日は休息を取るような気分で我慢できたが、一週間が過ぎる頃になると体中が痛くなってきた。1カ月間、実に様々なことを考え、感じた。どんなに小さなことであっても、すべきことがあるのは感謝すべきことだと考えるようになった。お金もお金だが、仕事をしていた人間が仕事をせずにぶらぶらするのは、仕事よりも何倍も大変だった。休暇とはまったく違うものだ。自らの意思でなく、他人の意思によって仕事が出来ないのが本当につらかった。それでも、豊かな暮らしとはどういうものなのか、この問題をあらためて深く考えるきっかけになったのは、幸いと言えば幸いだ。

　そして私が生きてきた平凡な人生の断片が、すべて幸せな時間であった、ということに気づかされた。そうだ。前ばかり見てがむしゃらに走るのではなく、欲を捨てるべきだと思うようになった。私に与えられた残り時間を価値あるものとして、大切に使わなければいけないと感じた。

　テレビには、イタリアの教会内で埋葬されるのを待つ多数の遺体が映し出されている。敢え無い最期を迎えたあの人たちも、数日前までは永遠に生きるかのように元気だったはずだ。さまざまな感情がよぎる。

　一日も早く、このウイルスに苦しめられているあらゆる人が

本来の日常に戻り、幸せな人生を享受できるよう祈る。そして、今この時にも大切な命を救うため、日夜尽力してくださっている医療従事者、また、協力をしてくださっている全ての方々に感謝申し上げたい。

明日を覆い隠すウイルス
日常を取り戻すための克服

ト・ウナン ハナIT代表理事

　いつからだろうか、地方へ出張に行ったり、タクシーで移動したりしながら、最近はどうかと訊くと、「最近は景気があまりよくないみたいです。夕方になると街に人がいないんですよ、まったく」という答えが返ってくる。

　本当に、ますます我々の努力ではどうにもならない社会になりつつあるのだろうか。不景気というウイルスは、いつの間にか社会に感染を拡大し、長い時間かけて耐性ができた我々は、望んでいたものとは違う日常を生きているのかもしれない。

　10年以上会社を経営していると、予測できない状況の変化は常に存在する。事業の受注を確信し準備していたことが失敗に終わったり、大型事業に製品供給をしても大損が発生したりすることがある。間違った意思決定により損失が生まれ、しばらくの間ぼう然とすることもあった。

　2004年に独立後、準備なしに突然降りかかってきた数多くの変化は、もしかするとより大きな危機を乗り越えられるようになるための訓練だったのだろうか？　そうやって会社は少しずつ少しずつ成長をしてきた。

　2019年12月初旬、妻と一緒に茹で豚のサムギョプサル〔豚バラの焼肉〕を食べることにした。子供たちは私の実家に預け、清道郡にある雲門ダムを通り過ぎ、山の中腹にある妻の実家に向

かった。白菜はきちんと塩漬けされており、キムチを漬けるためのヤンニョム〔調味料〕もすべて準備されていた。ビニールを敷いて田舎家の庭に腰を下ろし、白菜の葉一枚一枚にヤンニョムを塗っていく作業が、しばらく続けられた。一杯になっていくキムチ容器、美味しそうに茹でられた豚肉。骨が折れる作業だが皆の顔には笑顔が絶えなかった。

　2020年1月の旧正月連休。子供たちは、嬉しくてたまらないといった表情だ。時折ニュースで、中国の武漢では未知のウイルスの感染拡大が尋常でないと伝えている。映画館にも行き、外食もし、ゲームもしながら子供たちが笑う姿が、一家を「幸せのウイルス」で一杯にしてくれる。連休の最終日になると、全エネルギーを使い果たした子供たちは熟睡している。その姿はまるで天使のようだ。寝る前の子供たちの眼差しはこう語っていた。

　「パパ！　すぐにまた今年の秋夕〔旧暦のお盆〕になるよね？」

　2月18日、大邱市で新型コロナウイルスの最初の感染確認者が出た。国内で31番目に陽性判定を受けたという。国内初の感染者が出てから、もしかしたらと思い、時々マスクを着用してはいた。顔と顔をつき合わせて杯を傾けるときは、こんな話もしていた。

　「大邱は保守的な街だから、こんな時にはそれが幸いしているようだ。他のどの地域より安全じゃないか」

　知らない人とは以前同様に、心理的な距離のみを取り、こんなふうに自慢をしていたというのに。

　「いったい、何故なんだ？　大邱でこんなことが起きるなんて？」

　毎朝、疾病管理本部から現況説明がある。全感染確認者のう

ち大部分が大邱市に居住する人たちだ。周囲の至るところで視線を感じる。残念ながら大邱市は既に中国の武漢になってしまった。他の都市に感染者が出ると、大邱を訪れていた誰々という記事がしきりに目に入る。地理風水的に暮らしやすい都市である大邱市が、見えないウイルスを防げられない灰色の都市になった。

　これからどんなことが起きるのだろうかと、寝られなくなった。70歳を越えた両親、医療従事者の妻、まだ母親の手が必要な3人の子供たち。2004年の独立以来成長し続けてきた会社。長男、夫、父親、代表理事として、どうやってこの状況を乗り越えていくべきかという心配が先に立つ。ひょっとしたらしばらく止まるかもしれない時間のネジを、巻き続けなければならない。平静さを失った心に耐性ができるよう願いながら、昨日と違う今日が繰り返されている。

　朝、目を開けると疲れている。夜は深い眠りにつくことができない。妻は先に起きて、出勤準備をする。簡単に朝食を済ませ、20分ほど運動をする。寝ている3人の子を置いて、出勤。手指消毒剤を持ち、手袋をし、使い捨てマスクをつける。退社後、帰宅途中にスーパーで買い物をする。表門を開けて入ってから、その日のごみを分別収集に出す。使用済みの使い捨て手袋を外し、マスクと一緒に捨てる。浴室に直行し、シャワーを浴びる。良く乾かした布マスクで、再び顔を覆う。そうやって繰り返される状況を当然だと受け入れている。

　ワクチン、治療剤などにより、今の状況が安定するのであれば、社会はどのように変わるのだろうか？　余裕なく働いてい

た時は、周囲がまったく見えなかった。数えで40代最後の歳を過ごしている自分。除隊後はIMF通貨危機を、事業の初期には金融危機も経験した。就職も難しくなり、営業利益は減少した。計画して対処したわけではないが、歩み続けなければならない道を黙々と進んでいたら、ある瞬間に未来が現在になっていた。

　今まで一度も体験したことのない現実の中で、それぞれが道しるべから少し離れ、不安の中を歩いている。人間とは、どんな環境でも変化に迅速に対応するものだと思っていた。しかし、目に見えないウイルスが顔も、明日も覆い隠してしまった。結果が分からないまま繰り返される状況が日常になれば、再び昨日へと戻れるだろうか？　いや、昨日のウイルスにより耐性が生まれた今日という一日が、明日の日常になるのだろう。

　インフルエンザの事例から分かるように、ウイルスは簡単に征服できない。共同体に迫り来る危機から正しく身を守る方法は、お互いに尊重し、配慮する心を持つことだ。無防備な状態の大邱市、いや、大韓民国を襲った新型コロナウイルスは、人々の努力により早急に回復しつつある。絶えず変異し続けるウイルスのように正解がない未来。会社でも家庭でも、状況に応じた適切な意思決定が必要だ。これからの未来で、また新たなウイルスが世の中の時間を止め、我々の顔を覆うかもしれない。既に新型コロナウイルスというワクチンを接種した我々の日常が、その危機を克服させてくれるだろう。

　経験したことのないウイルスから我々の日常を守るため、最前線で奮闘してくださっている全ての方々には、頭が下がる思いです。感謝申し上げます。

強い者が生き残るのではなく、生き残る者が強い

　桜が散り、春はさらに一歩深まった。新型コロナが生み出したかのような、灰褐色の山と野原。花はいつの間にか咲いて散り、白いうぶ毛のような服をまとった葉が、街を躍動的な新しい命で満たす。春だ。だが私にとって、春はまだ遠い。それでも、希望を夢見ている。

　絶望は他人事だったし、そう願っていた。でも、それは我が事になってしまった。新型コロナウイルスが中国の武漢で発生し、拡散したとニュースで聞いたとき、それは外国の出来事で、あまり関心のない話だった。しかし、1月になると、だんだんコロナは威力を増し、猛威を振るうようになる。私は少しずつ心配になってきた。

　私は東区で小さな旅行代理店を経営している。いまだコロナが終息せず、人との距離を一定に保つことが必要とされるなか、このような文章を書くのは少しぎこちない気もするが、経験が記憶から消える前に整理すべきだという思いから、自分に起きた少なからぬ変化について語ってみたい。

　中国・武漢でウイルスが発生したとニュースで知ったのは、昨年末だ。「大流行になる可能性がある」と聞き、「まあ何とかするだろう」と、軽くやり過ごしていた。年が明けて間もなく、

今年初めて団体客を連れて中国に行くことになる。そんななか、伝染病について憂慮する声を耳にした。

　当時、コロナが拡散していたのは武漢地域のみだった。訪問先は地理的に遠く、「それほど心配しなくてもいい」と現地から連絡があり、万一に備えてマスクと手指消毒剤を持参し、無事に訪中を終えた。

　その直後、中国の雰囲気は激変し、都市封鎖という未曽有の措置と近隣地域の拡散に対し、警戒する声が大きくなりはじめた。

　中国への旅行は外交部による警報が「自制」から「制限」に変わり、自動的にキャンセルに。そして1月末の旧正月を境に、ウイルス拡散に対する不安から、東南アジアへの旅行の取り消しについて問い合わせが殺到した。

　2月に入ると、気がおかしくなるくらい、次々とキャンセルのリクエストが入るようになる。「ああ、もうダメだ」「私の人生はもう終わった」。自嘲的な言葉を繰り返し、自暴自棄になった。出勤して旅行キャンセルの問い合わせに応対し、予約を取り消す。毎日がそれの繰り返しだった。

　2月初め、ベトナム行きの2つの団体のうち1つがキャンセルとなる中、1グループの引率を終えた後、個人的な用事でフィリピンに出張へ。その頃は、まだコロナは海外で感染すると大部分の人が思っていた。だから帰国した日から2週間、ずっと自宅隔離をしていた。当時の状況は、言葉で表現できないくらい最悪だ。

　あの有名な（?）大邱で発生した31人目の患者と新天地。大邱地域で確診者〔感染を確実に診断された人〕が爆発的に増えると、海外では入国禁止の対象を、大邱や慶尚北道の居住者および当

該地域への渡航者から、韓国人全体に切り替える国が次第に増えていった。海外旅行を専門にする韓国の旅行会社という立場からすると、死刑宣告も同然だった。来るな、と言う。いかなる韓国人も来てはいけない、と。渡航禁止は1日か2日だけでは終わらない。そんな気がした。

　予想通り、それは2月に出発する旅行だけの問題ではなかった。中国での感染急増と、東南アジアへの拡散で、2月中旬以降の旅行もキャンセルされはじめた。2月末頃からは、異常なほどにウイルスが広がり、3月出発の旅行も続々と中止に。3月に入ると、4月と5月、そして6月の分まで予約がキャンセルとなった。

　世界中で韓国人が旅行するのは難しい状況になってしまった。感染がまだ拡大していないクリーンな地域と呼ばれた南米と東欧の一部に危険を冒して向かった旅行客のなかには、飛行機がキャンセルとなり、苦労した人もいる。

　他の業種は内需が持ち直せば良くなるだろうが、旅行業界では「新型コロナウイルスの影響が1年以上は続く」と慎重に予測されている。韓国内の問題を越え、全世界に広がったウイルスの恐怖は、国家間の移動を統制する状況を生み、旅行業界の相次ぐ倒産を予告している。国内トップレベルの大手だけでなく、ほとんどの旅行会社は最小人員で経営を維持しながら、大部分の社員は有給休暇を取っている状態だ。

　規模が小さい従業員2、3人の旅行会社は、瀕死の危機に直面している。多くの職員は、政府の支援を受けつつ有給休暇を取り、電気代を節約すべく、オフィスを閉めている。いつ終息するか先が見えないため、建設労働者や選挙運動員、配送員など、すぐにできる別の仕事を探しはじめた人もいる。

崩壊した地域経済で、真っ先に被害を受けたのは旅行業だろう。12月のプロモーションイベントで2020年6月まで予約を受け付けた旅行商品は、1月末からキャンセルされ始めた。2月半ばに入ると、出発日が近い旅行を自主的に取りやめたり、または政府の旅行警報発令を受けて中止したり。キャンセルが始まったのは、距離的に近い東南アジアからだ。2月末には、ヨーロッパやアメリカ、オーストラリアなど、長距離路線の予約が取り消されるようになった。

　当時はダメージの大きさがわからず、漠然と先のことだけを心配していた。被害が本格化した頃、旅行業界では規模を把握し始めた。前年比の売り上げ減少を確認し、心が壊れるくらいの衝撃を受けた。さらなる問題は、それが一時的な現象ではなく、長く続くという事実だった。2月の売り上げが前年比50%近く減少し、3月以降は100%、売り上げは0ウォン。結果を知った衝撃は、容易には収まらない。ただ、我を忘れてぼう然としているわけにはいかなかった。退屈で窮屈だった自主隔離の期間が終わった後、「何でもいいから、やらねば」と切実に感じた。当面、旅行業は難しいと判断しつつ、だからといって廃業もできない。不確実な未来を抱え、生き抜くための何かが必要だった。

　簡単に始められる仕事とは？　代行運転が思いついた。知らない人と接することによるウイルス感染の恐怖も大きかったが、コロナのせいで飲み会が減り、代行運転を利用する客も少なくなったので、選択肢から外した。悩んだ末、配送のアルバイトに挑戦した。最近人気の「夜明け配送〔ネットで注文すると翌朝到着する配達システム〕」だ。夜中に働くため他人との接触を最大限減らすことが可能だし、日中はこの先どうなるかわからない旅行の仕事を続けられると思ったからだ。

2月末から、体力の続く限り、深夜に配送の仕事をした。だが、地域の経済が崩壊しはじめ、職を失った人や事業所の経営を休止した人が、生計の為に配送市場に溢れるようになる。働き手が殺到し、配送単価は半減。徐々にそれすら難しい状況になっていった。

　長期戦に備えなければならない。そんな思いから、一時的にでも働ける仕事を探した。親しい知人を通じて、「どんな仕事でもできる、やらなきゃいけない」と、差し迫った思いを打ち明けた。一緒に悩んでくれた彼は、数日後、「初めてやる仕事で大変だけど、できるか？」と聞き、私は自信を持って「できる」と答えた。だが、紹介しようとしていた事業所も、コロナの影響で仕事が減っていて、状況を少し見守ろうという返事が来た。

　しばらく配送アルバイトをしていたある日、ソウルで大学入学と就職に関するコンサルティング事業を手がける義弟から連絡があった。大学卒業予定者の就職コンサルティングの最中で、「学生たちの自己紹介書の指導をお願いできないだろうか」という。文章を書くのはプレッシャーだが、チェックするのはそれほど難しくはなかった。若い頃に自己紹介書をたくさん書いた経験と、學而思読書アカデミー〔出版社學而思が運営する文章講座〕で学んだ書評の執筆や読書討論がとても役に立った。

　1日の配送アルバイトで稼ぐ金額と、自己紹介書1件を添削して得る収入はほぼ同じだ。しかし、両者には明らかな違いがある。配送は肉体的には大変だが、短い時間と労力を投入すれば済む。だが、自己紹介書を添削するには、長い時間と集中力が必要だった。

　こんな状況でも何かできることがあるというのが、本当にありがたかった。

　「廃業して、新しい仕事を始めようか？　それとも、固定費の

負担が少ない安いオフィスに引っ越して荒波に耐え、未来に備えるべきか？」

　あれこれ悩んだ末、まずは4月末まで契約したオフィスの賃料負担を減らすため、貸主に連絡し、事情を説明して家賃の値下げを相談した。幸いなことに、契約満了期間まで20%程度減免すると返事が来た。ありがたかった。しかし、今後どうなるかわからない中、旅行業を続けるか否かという悩みは、さらに深くなった。

　結局、私にできるのは、旅行代理店だ。慣れた事業を辞め、新しい仕事を始めることには大きなプレッシャーを感じ、旅行業に対する思いもまだ強く残っている。いつかは良い日が来るのではないか。そんな多少意味のない期待も捨てきれず、廃業や転職の道を選ぶより、どうにか生きのびたいという気持ちが大きかった。長く悩んだ末にたどり着いた結論は、「ふんばってみよう」だった。

　作戦はこんな感じだ。固定費の負担が大きいオフィスは、住宅街のはずれにある商店街のような家賃が安い場所に移し、半年か1年かわからないが、支出を最小限に抑える。その間、しばらく他の仕事をしながら、オフィスの家賃と生計を維持するための費用を稼ぎ、コロナが沈静化して旅行の景気が回復したら、再び旅行の仕事に集中しよう、と。

　考えがまとまると、ぐっと心が楽になった。早速オフィスの問題を解決すべく、貸主に説明した。事情を理解した貸主は、1年間の家賃を50%減免し、その後の状況によって契約延長しても終了しても問題ないといってくれた。オフィスを移転するなら、その程度の賃料を想定していたので、とてもありがたかった。

　「善良な貸主運動〔建物のオーナーが賃借料を減免する活動〕」が広

がっているとはいえ、私の事情を理解し、気遣ってくれた貸主の心に感謝した。この状況が終息し、立ち直るチャンスを得たような気がして嬉しかった。事業が再び正常化したら、どんな形であれ、今回の恩に報いなければと、心に小さく誓った。さらに、政府による観光振興開発基金特別融資の恩恵を受けられることになり、ほっとした。返済の必要があるとはいえ、行き詰っていた資金繰りに余裕が生まれた。滞っていた賃貸料と管理費を払い、当分の間固定費の心配が減る、ありがたい政策だ。

旅行業界にとって、この厳しさは一時的なものではなく、しばらく続くだろう。しかし、いずれにせよ、困難な波を乗り越えなければならない。すべての人にとって、苦しいことだ。最悪だ。今も配送アルバイトと自己紹介書の添削をし、日々を耐えている。しかし、知人から紹介された仕事が決まれば、状況は現在よりも好転するだろう。もしダメだとしても、他の何かをしながら乗り切れる。ふんばりたい。そんな誓いが心に生まれた。

状況は良くないが、周囲に温かい手を差し伸べられ、再び力を得る。未来は、誰にもわからない。大きなビジョンはすでに描いた状態にあり、今後は細かいことを素早く判断し行動するのが大切だ。「強い者が生き残るのではなく、生き残る者が強い」という言葉もあるではないか。「強い者」になるために最後まで生き残るという覚悟で、今日も心新たに誓いを立てる。

あの華やかな春の花が散る前に

パク・サンウク ハニル書籍代表

　大邱で出版取次業を数十年間営んできて、何年かごとに経験する新型ウイルス流行の時期がやってきても、ただなにげなく過ごしていた。基本的には2月初めから書店は新学期の準備で忙しく活動しなければならない状況になるが、大邱で31人目の陽性確認者が出てからは、地域のすべての経済の根幹が停止し始めた。

　最初のうちは市民や担当公務員たちが右往左往する姿が見えたものの、大邱市民は意外にも大きく動揺することなく落ち着いた対応をしていた。ソーシャルディスタンスを保つことを実践することによって街は閑散とし、各個人が衛生管理を徹底する姿勢を示した。

　韓国で最初の陽性確認者の報道に接した時にも、ウイルスは長生きするのだろうかと考えただけで、深刻にはとらえていなかった。数年前のMERSやSARSがそうであったように、自分には関係ないと考えていた。ところが、ある瞬間に感染者数が幾何級数的に増加して死亡者が続出しているというニュースに接してから深刻さを認識し、連日報道されるニュースや新聞に神経を尖らせていた。

　全国的には感染者が発生しているが、幸いにも大邱はコロナがまだ発生していない地域であるというニュースを聞くと、なぜだか分からない安堵感があり、あまり心配していなかった。

しかし、いつかは私たちの地域でも陽性確認者が出てくるかもしれないと思うと、緊張を緩めることはできなかった。心配したように31人目の陽性確認者が大邱で発生してからしばらくすると、宗教団体で陽性確認者が大量に発生した。大邱コロナ、大邱封鎖という言葉がでるほど事態が深刻になると、大邱は台風の目のように極度の恐怖感と緊張の連続の一日一日を送っていた。

特定の宗教団体と劣悪な環境の療養病院で集中的に発生したために、大邱市民は皆、心が折れてしまったような状況を呈し、消費が急速に萎縮した。陽性確認者が訪れた営業所はすべて閉鎖されて集中的に消毒と防疫が実施された。陽性確認者の動線の一つ一つにネットユーザーの魔女狩り式のコメントと誹謗が続き、ネットは31人目の患者と新天地教会の話題で埋め尽くされた。

新型コロナウィルスによって閉じられた財布は、生活必需品やマスクを購入する時にしか開かれず、新学期を迎えて準備しなければならない参考書や問題集さえも売れない状況だった。学校が開校しないので当然の結果であった。本を仕入に来る小売商の出入りも完全に途切れた。特に、自己啓発書や趣味の本、エッセイ、旅行本は全く売れず、書店の売上は目に見えて落ちていった。それによって仕事がなくなり、結局被害は代表である私がそっくりそのまま抱え込むしかなかった。このような状況なので資金繰りは急速に悪化し始めた。書店も営業を数時間でも短縮するようになり、新型コロナウィルスによる不安症から病院を受診する従業員もあらわれた。

感染症の予防のために産業界全体では在宅勤務を奨励し、実際に在宅勤務が多く行われた。しかし、在宅勤務が困難な分野

も多い。製造業は現場で行う職務が多く、出版取次業も同じだ。ソウルと坡州を行き来する出版社の営業担当者が月に一度地方へ赴き、新刊の紹介と売り場の在庫点検等の業務打ち合わせをする必要がある。しかし、2月から3月の2カ月間にソウルの出版社からただの一人も来なかった。

そのうえ、他の地域に住む人々は大邱がまるでウイルスの温床や問題まみれの地域であるかのようにいらだたしい視線で見つめた。生粋の大邱っ子として腹が立った。それでも多くの方の励ましによって耐えることができた。大邱市セマウル文庫〔簡易図書館〕の会長職をしているので、18市道の会長による激励と、ソウルと坡州にある多くの出版社や取引先の方々からの電話やメールをいただいた。マスクと生活必需品などは金額の大小にかかわらず大きな力になった。

これ以外にも多くの方々が、昔の国債報償運動〔韓国国民の自主的な募金活動によって日本からの借金を返済する運動〕の時の底力をもう一度発揮するよう大邱市民の団結を信じ応援しているという言葉で力づけてくださった。他の地域からは、多くのボランティアや医療従事者が先を争って救いの手を差し伸べてくださり、遠からず新型コロナウィルスはきっと抑えられる、2カ月後に会って「大変だったね」という思いを話し合おうと励まし合った。

書店で毎月行ってきた読書討論会も無期限延期した。そして各種会議やボランティア活動もすべて文書、メール、電話で進めなければならないという現実になじめなかった。いつも社会活動で忙しく動いていた市民がソーシャルディスタンスを実践しながら過ごさなければならない状況はとても困難であり、うつ病になる人もでてきたという話が聞こえてきた。小さな幸せに感謝することを知らずに生きてきたこれまでの日々が今更な

がら貴重に感じられた。このように新型コロナウィルスは多くの大邱の人々を憂鬱感と無力感に陥れて、さらに大邱は特別災害地域として指定されるほど危険な状況だった。

　このような大邱に住んでいるが、自分自身は新型コロナウィルスが怖くて萎縮したり、仕事で人に会うことを恐れたりすることはただの一度もなかった。しかし、一般市民が大きな恐怖を感じているのは確かだと感じた。フェイクニュースや煽りたてるような記事によって市民の失望感はさらに大きくなっていった。しかし、寄付と支援品が全国の各界各層からボランティアや社会共同体の募金箱に寄せられる姿からは、韓国国民の温かい情が感じられ、困難な時ほど団結する国民性がよく感じられた。

　学生が登校するのはいつになるかまだ分からない。新学期で騒がしくなるはずの教室の中はがらんとしていて冷気が漂う。学生たちが登校中に学校前の書店でごった返す姿を早く見たい。大学のキャンパスでは、花のような青春を迎える新入生の歓迎会などで活気があふれるはずの時期なのに、そんなロマンと楽しさまですべて新型コロナウィルスに奪われてしまった。

　新型コロナウィルスによって、私たちの日常生活そのものが一度も経験したことがないものになってしまい、全世界が混乱して困難な日々を送っている。でもいつかは終わることを信じているので、私たちは今日ではなく明日を考えて、未来を計画して夢見るべきだと思う。

　このような状況でも、春はいつも通りやって来た。学校では子供たちがはしゃぐ声が聞こえてきて、市民が力強く街に繰り出すことを期待している。また、書店にも本を求めて来られる読者の足取りが一日も早く戻ってくるのを待っている。あの華やかな春の花がすべて散る前に。

なぜこんなことが……！

ペク・ムヨン 株式会社BEAUTY COHEART代表

　恐れていたことがとうとう起こってしまった。濃縮されて一気に爆発したかのようだった。中国の武漢で初めて新型肺炎が発生し、コウモリとセンザンコウがどうのこうのと騒がれていた頃は、まだ自分たちには関係のない出来事だと思っていた。武漢華南海鮮卸売市場を中心に、新型コロナウイルスの蔓延が深刻化して武漢市の封鎖措置が断行されてからも、不安や心配はあったが、まだ外国での話に過ぎなかった。ウイルスの感染はしだいに広がって、湖北省の感染者数に関するマスコミの報道が相次ぎ、コロナは中国全土へと急速に拡大していった。中国からの入国を禁止しなければ韓国に重大な脅威を及ぼすという大韓医師協会の懸念は、転ばぬ先の杖という意味での警告だと感じていた。ところが突然、国内31番目の感染者が大邱で見つかった。なぜこんなことが……大邱に一大事が起こった。

　覚悟はしていたものの、信じたくないことが現実になった。我が社は、ビューティヘアサロンのCOHEART（寿城池本店）、BIT SALON（新世界百貨店7階）の美容室2店舗と、SPA IN THE BITというエステを運営している。美容サービス業も例にもれず、最低賃金の引き上げと大きく冷え込んだ国内の景気に影響され、過酷な冬をやっとの思いでしのいでいた。美容サービス業は、景気後退の波が真っ先に押し寄せる業種だ。不思議である。無関係のように見えるが、たちまちあおりを受けるのだ。1

月に早めの旧正月を迎え、2月からは徐々に景気が回復していくのではないかと思っていたが、大邱はむなしくも新型コロナウイルスの直撃を受けた。確診者数が増加し、正気ではいられそうにないほどに大邱は崩壊した。同時に、我が社の顧客はあっという間にすべて消えてしまった。

　COHEARTとエステ。がらがらになってしまった店を守らなければならないと思うと、気が遠くなる。新天地の話題が全国をにぎわせる中、防疫を兼ねて事態を見守ることに決め、本店とエステを4日間休業することにした。しかし、時間に比例して確診者数は爆発的に増加し、事態はいっそう緊迫してきた。いっそ長期間、店を閉めようかとも考えたが、こうした非常事態のときこそ、お客様が1人であろうと施術を行い、店に明かりをつけて都市を照らすべきだと思った。当番を決めて出勤するスタッフを最少人数に抑え、2メートルのソーシャルディスタンスを守って、防疫と消毒を徹底することにした。思いがけず、われわれ美容人に休息の時が訪れたのだ。必ずしも悪いことではなかった。スタッフに頼み、当番以外は自主的な自宅隔離に入ってもらった。これほど長い戦いになるとは思わずに。

　BIT SALON新世界大邱店。さすがはデパートであるだけに防疫が徹底的に行われ、スタッフへの指導も厳格だったので、私が特に気を遣う必要はなかった。デパート主導で防疫に力を入れてくれたおかげで、売り上げは減ったものの、なんとか乗り切ることができた。しかし、それもつかの間。同じフロアのすぐそばの売り場で、新天地の確診者と接触した従業員が陽性と診断され、2月26日にデパート全体が消毒作業のため臨時休業。疫学調査によって、その従業員が私たちの売り場にケーキを持ってきたことが明らかになり、10秒ほどデスクで対面した我が社のスタッフ4人も感染拡大予防のため2週間の自宅隔離

に入った。

その余波を受けて、デパートへの客足はさらに遠のいた。各エリアの従業員が粛々と顧客を迎える準備をしているだけで、私たちの店舗もがら空きだった。最悪の瞬間を迎えたのだ。また、熱が出たと言って従業員休憩室でしばらく休んでいた同じフロアの従業員が陽性であることが明らかになり、10分間、動線が重なった我が社のスタッフ1名が自宅隔離に入ったうえ、デパート全体が消毒作業のため2度目の臨時休業。我が社のスタッフの母親が確診者と接触した事実が判明し、スタッフと母親が自宅隔離。とんでもない大騒動である。電話が鳴るだけで心臓がドキリとするぐらいだった。通常は20名体制のところ、最少人数の4人が交代で出勤することにして、残りのスタッフは自主的な自宅隔離に入った。頭がぼんやりして何も考えられない。売り上げは80%も減少した。

家族のようなパートナーたちから、会社の心配は後にして自分の安全を第一に考えてほしいと懇願され、「60歳以上の人は自宅に」と勧められた。咳が出て、喉も痛み、ひょっとしたらという心気症を抱えながら、一人遊びの時間に入った。1カ月もすれば終わるだろうという期待と共に。

3月2日。消えていきつつある。私が世界を消しているのか。世界が私を消すのだろうか。隔離13日目だ。

3月7日。私はコロナうつなのだろうか。隔離18日目だ。

3月17日。給料日。子供のために貯めていた結婚資金を崩して使った。来月は？　隔離28日目だ。

3月25日。大邱が特別災難地域に指定されたが、私が受け取ったのはマスク、2度に分けて5枚のみだ。

4月8日。自宅隔離50日目。どうしようもない慚愧の念に襲われる。社会に出てから1カ月以上休んだのは3度目だろうか。

再び途方もない試練にさらされてしまった。自分なりに必死で生きてきたが、資金繰りが圧迫され、脱出口すら見当たらない。経営資金の融資について調べてみたが、私の立場では該当するものがない。創業時に信用保証財団と市中銀行からアパートを担保に融資を受けたので、大邱の特別災難地域指定に伴う中小企業への融資にも縁がなかった。今後の資金調達が心配で胃が痛い。自分で道を切り開くしかない。

　立ち上がれ。さあ、立ち上がれ。落ち込んだ心を奮い立たせてみる。精神を鍛錬するために丁若鏞の『茶山散文選』を読み、老子の『道徳経』を手に取る。椅子に座っているのがつらい。心はかえって複雑になる。気分転換にサバイバルオーディション番組の『ミス・トロット』やドラマを一気に見て、アパート近くの花郎公園を歩く。ややだるさを感じていたが、少しずつ調子が良くなってきた。ついでに自転車に乗って本店に出勤し、自宅隔離をしばし解除する。KBS〔韓国放送公社〕から黄金ネゴリ〔交差点〕まで、泛魚山を越えるコースを歩き、日によっては寿城池を３周する。ウォーキングのおかげで背筋が伸び、全身にエネルギーがみなぎってくる。この難局を突破するためにアグレッシブな営業をしようと決心し、店舗の広報用にSNS広告を契約した。私だけが大変なわけじゃないのだから、泣き言は言うまい。

　そして日照りに降る恵みの雨のように、本店のビルオーナーが３カ月間テナント料を30％割引してくれることになり、デパートも３カ月分の管理費（これは大きい）を免除してくれた。BIT本社のフランチャイズ月額費用も３カ月免除されたので、とても助かった。しかし最も頼もしい支援は、やはり我が社のスタッフたちだ。ありがたいことに自主的な自宅隔離を徹底し

てくれたので、まだ感染したスタッフはいない。無給休業も受け入れてくれ、無力感と恥辱感に陥った不安げな私をあたたかく励ましてくれた。これまで連絡がまばらになっていた親戚や知人が心配して安否確認の電話をくれたのもありがたかった。

　今、私の人生に真っ赤な火がついた。人生の長い旅程で出会ったさまざまな障害物は一つや二つではないが、またしても大きな障害物に出くわした。物心ついてから、半分は自分の意思、半分は他人の意思によって「私の人生の主人公は私！」と考え、少しも休むことなく熾烈に生きてきた。しかしこの年齢になってみると、人生はむしろ身近な人々と共に歩んでいくべきものだという気がする。こんなとき、お互いに慰め合って励まし合うことができるというのは、なんと素晴らしいことなのだろう。コロナの症状の一つは、味覚を感じられなくなることだそうだが、今年、私は春を感じられないまま季節を見送ろうとしている。しかし、憂鬱で恐ろしい日常はしばし忘れて、自分の身の回りを振り返ってみよう。春の風景を心に刻むのは、誰にも気兼ねする必要のないことだ。倒れたついでに休んでいこう。空も見上げてみよう。どのみち、明日は明日の太陽が昇るのだから。

　amor fati「自らの運命を愛せ」

コロナに奪われた春

シン・ドゥリ ベソン海鮮蒸し料理店代表

　私が営む食堂は、密集した住宅街の路地にある。お客さんの大部分は町内の人々で、毎日のようにいらっしゃる常連客だ。近くで家内工業を営む人や1人で商売をしている人が昼食を取り、仕事帰りに地元の人々が軽く一杯飲んでいく。文字どおりのご近所さんたちだ。そのため、近くの大通りにある食堂のような高い料金を受け取ることはできない。とはいえ食べ物を扱う立場なので、誰よりも先にマスクをして仕事をするようになった。馴染みのお客さんたちが不安がるのではないかと思うと心配だった。誰もがそうだが、この小さな路地裏食堂もコロナという荒波を避けることはできなかった。いや、ある意味ではいっそう大きな衝撃が押し寄せてきた。すなわち、生死にかかわる問題だった。

　2019年の年末に中国の武漢で新型コロナウイルスが発生したというニュースを聞いた当初は、ほとんど心配をしていなかった。町内で小さな食堂を営む私には、どのみち海外旅行をする余裕などなかったからだ。中国での出来事は、まるで他人事のように感じられた。やがて、武漢を訪れた韓国人が感染したというニュースが流れるようになってからも、実はそれほど心配はしていなかった。ああやって数人が感染する程度で終わるだろうと思っていた。そんななか、大邱でも感染者が出たと報じられた。それで、さすがに心配になってきた。ひょっとし

たら、うちの食堂にも感染者がやって来るのではないかという不安だった。

　問題は31番目の確診者が出てから始まった。その頃にはほぼすべての飲食店の客足が減っていたが、休業中の店は少なかった。ところが、31番確診者は食堂の目の前にあるアパートの住人だという。人々はどうやって知ったのか、路地はたちまちひっそりと静まり返り、あらゆる噂が飛び交い始めた。怖くなった。もしかしたら私が気づかない間に、うちの食堂に立ち寄ったのではないだろうか。お客さんから冗談交じりに「31番、この店に来たんじゃない？」と言われてぎょっとした。本当にそうなのかどうかは確かめようのないことだった。

　すでに町内にはあらゆる噂が飛び交っていた。最初に打撃を受けたのは、飲食店とスーパーだ。31番確診者が誰なのかわからない状況で、さまざまな噂が出回り始めた。スーパーに買い物に行ったのでは？　職業から察するに、よく外食をしていた人なんじゃないか？　といったものだった。すぐにでも店を閉めたかった。しかし、ここまで悪い噂ばかりが飛び交っているうちは、休むわけにはいかなかった。特に、私の食堂では日曜日も町内のお年寄りや住民の会合が行われていて、ほぼ年中無休で営業していたので、なおさら難しかった。

　お客さんたちの話題は、当然コロナのことだった。あそこの食堂は店を閉めていたが、もしかしたら店主が感染したのではないか、感染していないならなぜ休んでいるのか、というふうに、はなから確診者扱いされているのを聞いて、さらに怖くなった。こんな噂が立ってしまえば再起は難しいから、店を閉めることなどできない。お客さんはほとんどおらず、隣で家内工業に従事する数人が毎日お昼を食べに来るだけだった。もちろん、夜はまったくお客さんがいなかった。いくら仕込みの量

を減らしても、いつも半分以上余った。この恐ろしく危険な時期に、外で食事をして酒を飲み交わしたい人がいるだろうか？

　それから、どれぐらい経っただろう。大邱の新天地教会でおびただしい数の感染者が発生し、テレビでは終日コロナ関連のニュースでもちきりになった。そこで毎日来ていたお客さんたちに了承を求めた。とてもじゃないが怖くて店を開けられそうにないので、お昼は手作り弁当を食べることにしてほしい、と。そして一週間ほど店を閉めた。まずは生き残らなければならないと思った。この不況時にその日暮らしをしている身なのに、ここで商売をしている私がもし感染でもしたら、その噂が広まったら、コロナが過ぎ去った後もこの町では暮らせなくなる気がした。

　町内での商売は、お互いの信頼関係の上に成り立つ。どのお客さんも１カ月に一度は必ずやってくる人々だ。近所のおばあさんたちの集まりがある日、水キムチが好きだと言う方がお帰りになる際に少し包んで差し上げると、あとから必ずお子さん連れで店にいらっしゃる。子供たちが母親に会いに来たとき、外食をしようということになれば、「あの店の売り上げを伸ばそう」と誘って連れてきてくれるのだ。そのときお子さんが「うちの母に良くしていただいて、ありがとうございます」と帰りに挨拶してくれるときが幸せで、ありがたい。こんな町で食堂を営む私がコロナにかかったという噂が立ったら、ここを去るしかない。

　こうして一週間ほど店を閉め、家にばかり閉じこもっていたら、退屈でたまらなくなってきた。清掃でもしようと思って食堂に向かうと、毎日通ってくれていたお隣の社長が店をちょっと開けてくれと言う。食事をする場所もないし、食堂は店を閉めたら常連客がみんな離れていくよという言葉が新たな恐怖を

呼び起こした。それで、翌日から営業を再開した。そのぶん衛生管理を徹底することにした。毎朝早くから店に出て、店内を隅々まで消毒し、入口には手指の消毒液を用意して、出入りするお客さんに必ず使用してもらった。そして、マスクなしの入店は控えてほしいとお願いした。

　また、お客さんが少ないので、同行者以外はできるかぎり遠く離れたテーブルに座ってもらうようにした。料理はすべて1人分ずつ別々の皿に盛り、皿洗いが終わった器はすべて消毒した。付け合わせは一日で消費できるだけの分量に減らし、余った場合は廃棄した。もちろん夜は営業しなかった。待っていてもお客さんが来ないというだけでなく、お酒が入った人は食事をするだけの人に比べて、衛生管理がおざなりになりがちだからだ。

　怖かったが、そうやって持ちこたえた。店賃や税金のことを考えると一銭でも惜しかったが、それよりも安全が優先だった。一日一日を薄氷の上を歩くように過ごした。暗く恐ろしい時間が過ぎ、確診者が数十人まで減った。今ではお客さんもやや緊張を緩めているように見える。しかし、さまざまな人々が集まる食堂は、緊張を緩めるわけにはいかない。政府から完全にコロナの確診者がいなくなったという発表があるまでは、現在の運営方式を続けるしかない。頭流公園が近いので、毎年桜の花が咲くころになると、花見帰りのお客さんが増える。今年はまだ花見ができそうにないが、恵まれていると思う。私は自宅隔離されていないし、大変な時期に来てくれたお客さんたちも今のところはみんな元気に変わりなく過ごしている。

　誰もがそうだったが、31番確診者がご近所さんだったことによって恐怖がいっそう大きくなり、苦労した。早くまた誰もが健康に、以前のようにご近所さん同士で集まって食事をして、

仕事終わりに軽く一杯飲める日が戻ってくることを待ち望んでいる。

2020コロナの記憶　ささいなことの大切さ

ユン・ウンギョン　ハヌルネオテック代表理事

　以前、誰かがこんなことを言っていた。

　中世にペスト（黒死病）によってヨーロッパの人口の3分の1が死亡したように、将来人類が滅亡するとしたら、それは核戦争や惑星同士の衝突ではなくウイルスによる伝染病が原因だろう、と。医学水準が高度化したこの時代にまさかと思っていたが、そんな出来事が世界で実際に起きた。

　昨年末からコロナという言葉は聞いていたが、私とは特に関係のないことだと思っていたし、正直に言ってそれほど深刻にとらえていなかった。ところが2020年2月20日に慶北青島対南病院で韓国初の死亡者が出て以来、対南病院と新天地教会で多くの新型コロナウイルス確診者が発生し、問題の31番確診者が大邱全域を引っ掻き回した。感染者数が幾何級数的に増加した大邱は、まさに恐怖のるつぼと化した。

　突然、深刻化した。毎日熱心に通って運動をしていたジムが2週間の休館を発表し、我が社と同じ建物に入っているカラオケ店の入口には業界全体でコロナ感染予防のために暫定的な休業を決定したという紙が貼られた。大型スーパーE-MARTトレーダースを通りかかると駐車場に車の長い列ができていて、その理由が気になった。特別セールでもやっているのかと思いきや、マスクを購入するためだった。その後、どの薬局も早朝から行列ができ、大混雑するようになった。屋外でも室内でも

100％の人がマスクを着用していた。

　確認者が立ち寄った場所は消毒後に閉鎖され、やがて特定の場所だけでなく、不特定多数の人々が利用する公共施設も次々と利用が制限されるようになった。客足が途絶え、店を開けているよりも閉めたほうがむしろ損失が少ないという理由で営業を中止した飲食店。我が家の裏にある、私が足しげく通っていた図書館も休館となり、ソーシャルディスタンスを保つために、協会で毎月開催されていた行事も中止、会合も中止、取引のためのアポイントも、プライベートの約束もすべてキャンセルになった。

　浪人してソウルの大学に合格した長女も、今年からいよいよ中学に入学する次女も、学校に行く日を指折り数えながらコロナが落ち着くのを待っていたが、始業が2週間延期となり、また2週間延期、さらに延期、しまいにはオンライン始業となった。1学期はおそらく友達にも先生にも会えないまま、オンラインで授業を聞いて課題をこなしながら一日中、家の中だけで過ごさなければならないかもしれない。

　私にも今回の新型コロナウイルスによって、忘れられないことが起こった。

　「4・15総選挙」に向けて、2019年12月17日に候補者予備登録をした我が町の弁護士をサポートすることになった。選挙区には同じ政党の予備候補者が9人もいて、総選挙の前に党内選挙を通過しなければならなかった。大邱で党内選挙に通過するというのは、ある意味では総選挙での当選と同じぐらい難しく大変なことだ。

　朝早く出勤する車に向かって名前入りの大きなプラカードを掲げて挨拶をするだけでなく、町中の人々が集まる行事という行事に参加して候補者の知名度を上げ、選挙事務所にお客さん

が来ればすぐに出迎えて会話を交わし、多くの人々が利用する
スーパーや常設市場、教会、聖堂、繁華街、駅などで両ポケッ
トいっぱいに詰め込んだ名刺を配って名前を知らせた。他の予
備候補者よりスタートが遅かったので、本当に必死で選挙運動
をした。寝る時間以外はほぼすべて使って駆け回り、ようやく
知名度が上がりつつあった頃、大邱に突然コロナ騒動が巻き起
こったのだ。

　私たちの日常生活がストップしたように、選挙運動も中止さ
れた。新人候補にとってはまさに大打撃だ。この深刻な時期に
批判を覚悟で選挙運動を続けるべきか、大いに悩んだ。数日後、
マスクをして、プラカードには名前よりも大きく「危機、共に
勝ち抜きましょう！」という文言を入れ、出勤する市民への朝
の挨拶を再開した。行事がすべて取り消され、住民と接する機
会がなくなった。対面接触を避けなければならない状況なの
で、以前のように流動人口が多い場所を歩き回って名刺を渡す
ことはできなかった。握手どころか、近づくことすら控えなけ
ればならなかった。いっそうの注意が求められたのは、町内の
予備候補者の選挙事務長が新型コロナウイルスに感染して死亡
したからだ。個人的にも親しい間柄だったので、数日間本当に
つらかった。これは私にも、私たちにも起こりうる出来事なの
だと感じた。

　できることと言えば電話と携帯電話のメッセージ、カカオ
トーク、ブログ、YouTube、Facebookなどを利用したSNS広報
だけだった。

　早くから選挙に備えて知名度を上げてきた候補者の壁を超え
るのは大変だった。さまざまな理由があったが、何よりも新型
コロナウイルスのせいで、住民に直接会って顔を見ながら短い
間でも会話を交わす時間が持てないということが決定的な要因

だった。

候補者の前職は支庁長を三度も歴任した特別捜査部の検事で、大型ローファームの弁護士という先入観や偏見を持たれやすい経歴だ。実際に会って表情や目つき、口調、行動を見ることで「あぁ、思っていたよりいい人なんだな」と感じ、会って一緒にいるといっそう好感度がアップして信頼感が湧く人がいる。私がサポートしていた候補者は、まさにそういう人だった。しかし、新型コロナウイルスがその大切な機会を奪っていった。落ち着く兆しは見えず、ますます確診者が増えていく中で、1カ月近くオンラインだけで広報活動を行った。党内選挙では2位となり、惜しくも本戦には進出できなかった。名刺のデザインを変えて1万枚も印刷したが、ソーシャルディスタンスを保つために使用できず、紙リサイクルに回された。3カ月間共に歩んだことを思うと涙が出た。

いまだに新型コロナウイルスは進行中だ。

長女は運動好きだが、ジムに行くことができなくなってからは、夜になると家の前の八莒川（パルゴチョン）沿いを走っている。マスクをして走るのは息苦しいと言い、「ママ。私、大学に行きたいのに、ソウルじゃなくてバンコク〔部屋にすっぽり引きこもるという意味〕のキャンパスにいるね」と言う。

次女はニート体質なのか、一日中家でゴロゴロしていても少しも苦ではなく気楽だと言う。でも、この子も人間なので「外の風に当たりに行く？」と誘うと、にっこり笑う。夫は外で働いていて、人に会わないわけにはいかないので、一日中マスクをつけて手洗いと手指の消毒を徹底している。気づかないうちに娘たちにウイルスを感染させてしまうのが不安なようで、家の中でもマスク姿、食事も別々に取り、娘たちとはいつも距離を置いている。深刻なレベルだ。あ、夫婦仲も深刻だ。

「君も背を向けて寝てくれ。俺に近づくな。生まれて以来、ここまで気をつけたことはないが、用心しないわけにいかない。君を危険にさらせない」

　心配だらけの夫だ。冬が過ぎれば、春がやって来るのは当然のことだと思っていた。時が流れ、季節は自然にめぐってきて、温かくなれば花見に行くのが当然だと思っていた。

　家族や友人、知人たちと向かい合っておしゃべりをしながら、お茶やお酒、食事を一緒に楽しむのはあまりにも自然なことだと思っていた。当たり前でささいなことが、これほど大切だったなんて知らなかった。見えないウイルスによって、日常のささいなことだけでなく、全国の経済、教育、文化が目に見えて崩れていくようで心が痛む。本当の春がやって来ることを静かに祈っている。

コロナに打ち勝ち、
誰もが幸せな社会が築かれるように

イ・グァンソク ワールド印刷代表

　2020年を迎えるにあたり昨年を振り返った。2005年に印刷会社を創業してから初めて業務内容の見直しを行い、年末あたりに成果が表れてきた。それもあって、2020年はもうひと皮剥けるかもしれないという希望を胸に踏み出した。

　1月中旬頃のことだ。メディアで新型コロナウイルスに関するニュースが出始めた。初めて耳にした単語で、特に興味も湧かなかった。他の国の見知らぬ人の話としか思えず、無関心だった。地球温暖化による異常気象のせいか、一年で最も寒くなるはずの1月に暖かい日が続き、冬には行かないゴルフに2回程行ったところで、名節である旧正月がきた。いつもお世話になっている方々に挨拶をして回り、社員たちと一年間お疲れ様でしたと言葉を交わし、家族、知人そして友人にも会って楽しい時間を過ごした。

　そうして1月を過ごし、月末の決算をしたところ、売上げが10％程減少していた。業務の見直しと新規取引先の確保により20％以上は伸びるだろうと期待していたのに、残念な結果だった。印刷業界の特性上、1月は売上げが減るものだが、年末から実績が良くなってきていたので、そこまで心配せずにいたのだ。

　2月になり、状況は急変し始めた。メディアで新型コロナウイルスのニュースが出てきてはいたが、その頃はまだ事態がこ

れほど大きくなるとは予想もしていなかったため、まださほど気に留めていなかった。IMF危機やSARS、新型インフルエンザ、そして数年前のMERS等、多くの困難を乗り越えてきた経験があったからかもしれない。

　それなのに、どうしてこんなことに！　売上げは急激に伸びるべき局面で急激に下がり始めた。我が国の中小企業や小規模自営業者が新型コロナウイルスの危機で廃業に追い込まれていると、どのメディアも報道していた。印刷業界もコロナを避けることはできなかった。コロナは印刷業界をほぼ壊滅状態にしてしまった。人類の文明の発展と知識を伝達する媒体の最たるものとして欠かせない産業なのに、その産業が枯死するほどまでになってしまった。

　我々の会社は、韓国の印刷業界を牽引してきた大邱市中区南山洞の印刷コルモク[1]〔印刷屋通り〕にある。最も盛況だったときには2,000余りの会社がこの一帯にあったが今では数百余りにまで減り、業界全体の仕事量の減少から日を追うごとに価格競争が激しさを増し、印刷業界の根幹までをも揺るがしている。印刷業界に従事する全ての者の生存が危ぶまれるところまできているのだ。

　コルモク産業には同業との競争もあるが、情報の交換、妥協や交渉も行い、共存しながら生き延びてきた。多くのコルモク産業が衰退して消えていき、またさらに消えていく危機に晒されている。南山洞の印刷屋通りも同様だ。各地域で印刷業に従事する人々から電話がかかってきた。「そっちはどうなんだ」そ

1）韓国語で、細い小径・家の前や近所の通りを「コルモク」といい、そのような場所で営業している個人商店をコルモク産業という。「○○コルモク」のような名称で呼ばれるコルモクは、その業種が集まっている通りを意味する。

う尋ねては、皆一様にとても厳しい状況だとこぼした。私もそうだ。耐えて、耐え忍ぼうという言葉しか出てこなかった。今回の事態で、同業者間の集まりも自然と減っていき、さらには情報交換までも途絶えてしまった。印刷屋通りを歩いても人影はなく、機械の音も聞こえない。

　我々の会社も他社と違わず、大きな危機が迫っていた。仕事量が目に見えて減少していた。この状況はいつまで続くのか？　どうしたらこの危機を乗り越えられるのか？　この事態が収束したら社会はどう変わるのか？　数えきれない疑問符が頭の中に絶えず浮かんでくる。私は頭の中を整理し、危機を生き抜くための行動に移り始めた。社会の動きを注視し、会社の経営状況をよりこと細かに確認し、特に社員たちの士気が落ちないように気を遣った。まずは社員たちに、我々はこの危機に打ち勝つのだという自信を持たせた。

　しかし、2月中旬頃のことだったか、31人目の感染者が大邱で出て、状況はさらに悪化していった。新型コロナウイルスの感染者が一日に数百人ずつ増えていき、大邱市民の恐怖心を急激に駆り立てていった。都市全体がほぼパニック状態に陥っていた。メディアで新天地という宗教団体が報道され始めると、それが世間の全ての話題をブラックホールのように飲み込んでしまった。

　大邱市の対策本部が立ち上げられ、大統領の行政補佐機関である国務総理まで大邱に常駐し、事態改善のために市民の協力を懇請した。新型コロナウイルスを終息させるためには市民の自発的な意識が必要であるとして、社会的距離を保つ、団体の集会中止、人が集まるところを避ける、マスクの着用、30秒以上の手洗い等を要請したのだ。

　我々の会社もこの状況を乗り越えるために、兎にも角にも自

発的に政府の指針に従い始めた。それにも関わらず、大邱を封鎖しなければならないという話が出たり、社会的に影響力を持つ人が「大邱コロナ」と称したりするほどにまで、社会は分裂と反目に突き進んでいた。

　全てのメディアが大邱の状況をトップニュースとして扱い始め、大邱は映画に出てくるような都市、すなわち伝説の都市のように言われることもあった。まるで人が住めない都市として認識されているようで、湧き上がる怒りを抑えることができなかった。

　そうしてさらに時は流れていった。2月の決算をすると売上げは予想の半分にも届かず、この状況がいつまで続くのかわからないという思いが、怖さとなってにじり寄ってきた。社員たちの表情にも不安が滲んでいた。ある社員が言った。「社長、他の会社は社員に無給休暇を出すことにしたらしいですよ」彼は不安に満ちた口調で言葉尻を濁した。「おいおい、俺たちは死ぬときも生きるときも一緒だ！」私は自信に満ちた声色で言ったものの、すぐに支払わなければならない給料のことから案じなければならない状態だった。

　さらに1カ月が過ぎ、3月の給料日が迫ってきた。どうにか資金を確保しなければ。運良く、当分の間はしのげる資金を調達したが、次は別の恐ろしさが襲ってきた。既に大邱は徐々に安定を取り戻しつつあったが、新型コロナウイルスは全世界に感染拡大し、終わりが見えない。しかし、今に新型コロナウイルスも終息し、私たちはまた元の日常に戻るだろう。

　コロナなどお構いなしに、いつの間にか春は来ていた。気づけば山茱萸、レンギョウ、桜、カラムラサキツツジ等が一斉に咲き誇り、街路樹は若草色の葉に覆われていた。ただ一つ、今

年の春は私たちに切なる希望のメッセージを与えてくれている
ようだった。

　私の価値観は「皆で共に幸せに生きよう」、そして私の目標は
「青信号で行こう」だ。私の家族、知人、友人、会社の同僚、私
が愛する全ての人が青信号の中で生きていくことを夢見て努力
してきた。事業を始めて16年目、良い社員たちと出会い、多く
の方々の助けがあったから、前だけを見てここまで走って来ら
れたことにいつも感謝している。

　私は願っている。新型コロナウイルスによって私の価値観が
大きく揺らぐことはなかったが、これを機に韓国社会もさらに
成熟し、誰もが幸せになれる社会が築かれるようにと……。

苦難のとき、よりいっそう輝く人

イ・ヨンオク　キャリアスター代表

　2020年4月3日、今日は、大邱で最初の新型コロナウイルス感染者が発生してから、大邱での感染者数が初めて一桁となった日だ。会社の事務室も、久しぶりに、しばし笑い声で活気溢れる時間が流れた。コロナのため在宅勤務中だった求職者向け就職技能強化プログラム運営チームが、今日、事務室に少しだけ顔を出すことにしたのだ。四半期の報告書にサインをしに事務室を訪れた職員たちは、黒や白のマスクを着け、用心のためドアを開けた。社会的距離を保つのは板についたもので、適度な間隔をとり、再会の嬉しさに大声で笑いながら、会えなかった間の日常について近況報告をしあった。

　キム・ウンスク先生は昨年から帰省していて、ヨモギとナズナを摘みながら、田舎のおばあさんたちと親しくなったそうだ。チョン・ハンギョル先生は、3週間ずっと家の中にいたら太ってしまい、気持ちも落ち着かないので、室内で運動をして腰回りのぜい肉を全て落としたという。ソン先生は、大田〔テジョン〕にある息子の家に少し行ってみたら、慶尚道〔キョンサンド〕の方言で話もできないので、その日のうちに戻ってきたそうだ。ソンヒ先生は、夫が亀尾〔クミ〕〔慶尚北道の中西部にある市〕で働いているため、今日大邱には来られなかった。昨日まで隔離生活を送り今日ようやく夫と会えたらしく、幸せそうで何よりだ。ホ先生は、2週間前に家族がドイツから帰国したが、昨日自宅隔離が解除となり、今日

が家族の再検査日だったため来られなかった、等々。

　各自、コロナが流行している中でのここ数週間の生活について話しながら、平凡だった日常を懐かしんだ。短時間の集まり、盛り上がった雰囲気の事務室を去る間際、皆口を揃えて言った。

　「早くこのコロナを乗り越えて、また元気に会いましょう」

　去る2月29日土曜日は大邱だけで感染者数が741人と発表され、翌日以降を思うと心底暗鬱な気分になった。それからは、今日は数字が少しでも減っていますようにという切実な思いで、毎日午前に放送される感染状況をやきもきしながら見ていた。会社では規則を作り、距離を保って座ること、飲食を各自の席ですること、部外者の出入りがあるときは消毒すること、換気すること等のガイドラインを準備した。また、本社の職員が予期せず隔離状態に入る事態に備えて、本社職員は二つのチームに分かれて2週間ずつ交代で出勤することにした。一つのチームから感染者や隔離の状況が生じたら、もう一方のチームが対応できるように準備していたのだ。このような不便な状況でも、職員は皆一生懸命に手の消毒をし、一日中マスクを着けて勤務することを厭わなかった。発熱者がいないか確認しながら、一日一日を緊張の中で過ごしていた。感染者が出れば、事務室を閉鎖し自宅隔離をしなければならなくなる。そうなってしまうと、会社の状況はさらに厳しくなり、職員も苦境に立たされるからだ。

　そんな状況下でも、本当にありがたく、感謝することがあった。京畿道安養市にいる従妹から「職員の方と食べて元気を出して」というメッセージと共に大きな箱で、甘味の強い柑橘類「せとか」が送られてきたのだ。いつもは忙しいと言い訳をして連絡もろくにしてこない子なのに、申し訳なくありがたかっ

た。自分が彼女に何かしてあげたことがあったか？　そう思い
ながら数日間、事務室に置いて食べた果実を見るたびに自らを
顧みた。私がしてあげたことは何も無かった。彼女にとって私
は、いつも働いている従姉、忙しくしている従姉だった。勉強
し働いて、周囲を気遣う暇もないのだと自分を慰めながら生き
てきた。すると数日後の午後、今度はソウルにいる３番目の兄
の奥さんから連絡が来た。職員皆さんが食べられるようにピザ
を宅配したというのだ。言葉を尽くして遠慮したが、空腹の
ピークである午後４時頃、大きいサイズのピザ３枚が届いた。
普段は滅多に食べないピザなのに、たっぷりと色とりどりの
トッピングが乗ったそれを見たら、満ち足りた気持ちになっ
た。事務室で仕事をしていると、午後４時という時間は間違い
なく心和む何かが欲しくなるときだ。各自の席に配達された温
かいピザを見て笑ったこの日が、コロナの感染拡大後に職員た
ちが最も喜んでいた日だったように思う。お義姉さんはいつで
も、私が何を必要としているのかを、私以上に理解していると
いうことだ。この恩をどうしたら返せるだろう……。

　現在マスクは生まれ年の末尾の数字ごとに購入可能な曜日が
決められた「５部制」で販売されているので、マスクを買うため
薬局に列ができる様子は見られない。しかし、大邱で新型コロ
ナウイルス感染者が発生した当初はマスクを購入できず、人々
は焦燥感に駆られていた。毎朝出勤する時間になると、通勤途
中にある農協の前に人々がマスクを買うため長い列を作ってい
た。私は１年前に黄砂対策に買ってあったマスクを見つけ、そ
れで出勤していた。大邱にマスクが無いという話を聞いた長男
が、ソウルの薬局で買えたと小さい包みを送ってくれたのを皮
切りに、ほぼ毎日、親戚や知人からマスクが家に届いた。あま
り連絡をとっていなかった夫の友人までマスクを送ってくれ

た。多いときは数十箱、少なくても6箱と、マスクの箱が溢れていた。感動した。

　この助け合いの動き、この流れが私のところで滞ってしまわないようにと願った。この流れが私からもどこかへ流れていくように……もらった愛と応援と激励を、今度はお返ししながら生きていけるように、自然とそう考えるようになった。

　一方、私が会員となっている韓国女性ベンチャー協会のソウル本部からも、大邱慶北支部にマスク1,000枚が送られてきた。マスクの購入が至難の業だったときにまるで金のような贈り物だと、会員は皆感謝の気持ちを表し、大邱の役員たちはマスクに消毒液を加えて各会員に配達した。

　また、マスク不足のニュースが連日報道されていた際、韓国女性経済人協会からも大邱の会員にマスクと消毒液が届いた。誰もが大変なときに気に掛けてくれたことが、よりいっそうありがたく、届いた包みを開いた職員たちの心までをも温かくした。私は、まずマンツーマンで面談をして、マスクが最も必要な職員から分けていった。あれがないこれがないと人々が声を上げたときに自分の物を差し出せること、自分の物を分けられること、これが本当の助け合いなのだと。私たちは本当に切迫したとき、見事に団結できるのだと身をもって学んだ。

　昨日も今日も、遅くに出勤し、早くに退勤している。コロナが発生してから約1カ月、事務室で過ごす時間は減り、早く帰宅しては家の裏にある細い山道を歩いている。最初の一週間は、「こんなに会社の仕事が減ってしまって、これからどうしよう？」と不安が大きかった。しかし、自分ができることとできないことを区別してみると、精神的な秩序が保たれ、心が穏やかになった。

　私にできるのは「社会的距離をとること」をきちんと守り、会

社の職員たちがコロナ予防の規則を遵守できるように基準を設けること。けれど、私はウイルスをすぐに終息させることはできない。そう受け入れてみると、会社でもそれ以外でも、今までと全く違う方向に日常は動き始めた。毎日休まず駆け回って息を切らしていた時間に、余裕が出てきた。そのとき気がついた。私がただ前だけを見て疾走していたのだと。その疾走の中で、多くの人と出会い、多くの集まりに参加して、人の輪の中にいなければと思い込んでいた。そうしていれば、周囲から取り残されず、不安にもならないのだと。

　コロナのせいで、思いがけず、計画もなしに人々と断絶されたことで、自然と自分自身を知ることになった。アパートの裏の山道を歩きながら、時間がゆっくりと流れるのを感じ、春の山に芽吹いた生命を驚きいって見る。この時間に感謝するとは、なんという矛盾だろうか。休息があって初めて、活動はその意味を見つけるのだろう。いつまでこんな時間が続くのか見当もつかないが、立ち止まって休み、息をつく、この時間から最高の価値を発見する喜びも享受すべきなのかもしれない。

　まだ、この状況がいつ終わるのかは分からない。しかし、私たちが失ったものと受けた苦痛ばかりを考えるよりも、立ち止まり、息をつく、その瞬間にも、すくすくと育ち花を咲かせる生命に、今再び愛情深い視線を送るべきだ。

コロナ危機から学んだ配慮

イ・ウニョン ハッピー保育園園長

　2月19日水曜日、午後2時。

　保育情報システムを通じて、区役所から業務連絡がきた。

　タイトルは「新型コロナウイルス感染者多数発生による区内保育園に対する休園命令」とあった。

　「園長先生、今日から新入園児オリエンテーションで金曜日は卒園式なのに、休園命令が出るなんて、どうしたらいいのでしょうか」

　「園長先生、休園命令ってことは、子供たちの荷物は全部まとめた方がいいですか？」

　「園長先生、私たち必ずまた会えますよね？」

　「ええ、先生方は落ち着いてください。何週間かすれば、また皆で会える日が来ますよ。まず、オリエンテーションと卒園式は中止します。そして、子供たちのカバンとお道具類、お昼寝毛布はバッグに詰めて、全部まとめて持ち帰らせるようにしてください」

　想定外のコロナ危機に、私たちは考える余裕もないまま子供たちの荷造りをはじめた。あの時はまだ、1、2週間も経てば、皆でまた会えるだろうと考えていた。

　ところが、2月が過ぎ、3月が過ぎ、すでに4月だ。それだけではない。保育園や幼稚園の開園は無期限で延長とされた。開園の予定もなく閉鎖されたということだ。子供たちにはもう会

えない。

　3月の中旬だった。教師たちの権利要求がはじまったのは。

　保育園では3月25日が教師たちの給料日だった。園児の保護者からの保育料が決済されるのは3月15日前後であり、その保育料の決済が完了することで教師たちに一定の給料が支給される[1]。ところが、その間、休園によって静かに自宅待機していた先生たちが、保護者たちの保育料決済を急ぐよう求めるようになった。園長である私は、子供たちが保育園に通えない状況で、1カ月分の保育料を決済するのはむずかしいと考えた。特に、新入園児のなかには一度も登園していない子供もいて、尚更のこと保育料を納めてほしいとは言いづらかった。

　「ほかの保育園はすべて保育料を納めていただくそうですよ、園長先生。保護者が保育料を決済するといっても、その決済金額は政府からの支援金ですよ。保護者のお金ではないのですから、保育園のために、いくらお支払いしていただいてもよいのではないでしょうか?」

　私は思い悩んだ末、保育園は私ひとりで運営しているのではない、教師たちとともに切り盛りしていくべきだと、教師たちが求める通り、保護者たちに保育料の決済をお願いすることにした。

　「保護者の皆様、誠に申し上げにくいことですが、1カ月分の保育料を決済していただきますようお願いいたします。教師たちの給与、保育園の運営費のために、どうか宜しくお願いいたします」。そして、保育料は無事決済され、教師たちの給料は支払われた。

---

1) 韓国では、一定の条件を満たした子育て世帯は保育手当を受けることができる。金融機関で申請し、発行された専用のクレジットカードで保育料を直接決済する。決済日はあらかじめ保育園側から指定される。保育園にて決済処理を行うと政府支援保育料が自動計算されて保育園に振り込まれる仕組みになっている。

1日も子供たちを保育園に送り出せずにいる保護者たちは、教師たちの給料を支給するため、すべて保育料を決済してくださった。教師たちの"権利袋"は、保護者と保育園の配慮によって満たされた。

　3月末のことだった。保護者たちの権利要求がはじまったのは。

　保育園の保育料は政府からの支援金によって支えられている。つまり、保護者たちが決済してくださったとはいえ、実際、そのお金は政府から支援を受けたものなのだ。そして、保育園を辞めると、これまで保育園を支えてきた支援金が養育手当という名目で保護者への支援に向けられる。金額は年齢によって異なるが、保育手当よりは少ない。しかし、保育園に行かせることもできず、コロナ危機によって経済的、時間的にも余裕なく苦しんでいる保護者たちは、保育手当を養育手当にまわして経済的な利益を、保護者の権利を満たそうとした。

　「園長先生、保育園を辞めさせて養育手当を受けたいと思います」

　「園長先生、周りからなぜ保育園にまだ在籍しているのかと言われます。ずっと休園中なのに辞めた方がいいって言われました」

　「園長先生、夫がコロナ危機は長引きそうだと、1学期はなくなりそうだから今すぐ辞めさせろと言うんです。退園させてください」

　教師たちと二日間にわたる話し合いを行い、園長として深く考え悩んだが、私たちは教師と園長の給与を30パーセント返納すること(労働基準法による)、保護者には養育手当に相当する教材、知育玩具、本、お菓子などを配付することを約束した。さらに、子供たちと家で楽しめる色々なプログラムを連絡帳ア

プリで提供した。家庭での子供たちの様子を写真や動画で送るとプレゼントがもらえるイベントなども用意した。

「園長先生、先生、本当にありがとうございます」

「園長先生、先生、早く会いたいです！」

保護者たちの反応は良くなり、保護者たちの"権利袋"を教師と保育園の配慮によって満たすことができた。

その次に続いたのは、保育園（園長）の権利要求だった。

保育園は運営費を充当することと教師の雇用を維持すること（教師の権利でもある）が必要だった。

「保護者の皆さん、保育園を辞めずに引き続き在籍していただき、保育料も決済していただくことで先生たちの雇用を維持することができます。そうすれば、コロナ危機が終わり、子供たちがまた園に戻ってきた時に、少しのストレスも感じさせることなく、いち早く保育園生活に慣れさせることができるのです。教師たちの雇用維持と保育園の運営維持のため、お力を貸してください！」

「先生方の雇用を維持するために、先生たちは、コロナによる危機的状況にあっても保護者の皆様へよいプログラムを提供し、園児たちを管理し、細かく気を配らなければいけません。多くの苦しみを皆で、ともに分かち合いましょう」

そして、福祉部〔保健福祉部〕と地方自治体への要求を続けた。

「コロナ危機によって入園希望者がいなくなり、園児数が激減しました。今いる園児たちも養育手当へ変更しようとしています。困難に直面する保育園の運営のため、教師の雇用を維持するため、私たちの保育園に支援金を送ってください！」

保育園に1日も通わせることができなかったにも関わらず、1カ月分の保育料を決済してくださった保護者たちの配慮、教師たちから返納された給料30パーセント、政府からの雇用維持

支援金、中小企業者支援金などの助けもあって保育園の運営費を充当することができた。コロナ危機のあいだ、有給休暇を使って休んでいた教師たちの雇用も維持することができた。こうして、保育園の"権利袋"を、保護者の配慮、教師の配慮、そして、社会の配慮のおかげで満たすことができた。

　社会はこうやって釣り合うようにできているのね！

　日常的な状況下でも社会的なバランスを取ることは容易ではない。さらに危機的な状況になれば尚のことだ。最初は我慢できたとしても、危機的な状況が長引くにつれて皆が自分の権利ばかり主張するようになり、自分の権利が満たされないと激しい衝突が起きる。

　しかし、皮肉にも自分の権利は相手からの配慮によって満たされ、相手の権利は私が配慮することによって満たされるようにできている。この微妙なバランスがぴたりと合えば、誰かの"権利袋"だけ空っぽのままということなく、自分だけ損をすることもない。

　今回のコロナ危機を通じて、本当に頭が爆発しそうなほど苦しみ、不安な気持ちになった。しかし、私たち一人ひとりの"権利袋"を満たすには、お互いのため配慮しなければいけないことを学んだ。そのように私たちの社会が保たれていることを私に気づかせてくれたのはコロナウイルスだ。こうして残酷な春は過ぎ去ろうとしている。

　※教師たちの給与返納分については、今後、雇用維持支援金とその他支援金から再度支給される予定である。

いま、共に希望の歌を歌おう

イ・ジェス イ・ジェス韓方医院院長

　桜や桃の花が咲き誇り春めく季節、4月である。だが大邱は春の香りを失くしてしまった。

　去る2月18日、新型コロナウイルス31人目の感染者によって、大邱は蜂の巣をつついたようなパニック状態に陥り、危機感が高まった。政府は大邱と清道郡を感染症特別管理地域に指定した。大邱の各学校は始業が延期され、感染者の出入りがあった店は休業し、臨時休業をする所も目に見えて増えた。新型コロナウイルスによる未曾有の事態は都市の機能を奪い去った。現在も進行形だ。

　その後、一枚の写真が私を驚愕させた。「国民所得3万ドルの国でマスク購入に行列」と題した「この日午前、大邱北区のemart七星店には、マスクを求める市民たちで数百メートルもの長蛇の列ができている」というニュースで、新型コロナウイルスの感染力を実感した。

　「今週、休診している韓方医院が多いですね」と後輩からメールも来た。数日後の出勤日、予約患者のキャンセルが明らかに増えていて、普段とは違う雰囲気を痛感した。コロナによって大通りの交通量も顕著に減り、都市の生命力が失われつつあることは十分見て取れた。さらに23日、文在寅大統領は「新型コロナウイルスをめぐる事態は重大な転換点に直面している」と

して、同ウイルスに対する警戒レベルを最高度の「深刻」に引き上げると発表した。

31人目の感染者が大邱で報告されてから一週間が経った26日、コロナの感染状況（午後4時時点）は、感染者1,261名、死亡者12名と発表された。4月4日（0時時点）、感染者10,156名、死亡者177名と、増加の勢いは止まらない。このような長いトンネルがいつまで続くのか、重苦しい気持ちだ。

新型コロナウイルスの国内感染者が初めて確認されたのは1月20日。そして2月18日に大邱で最初のコロナ感染者が出て以降、毎日100名以上の感染者が幾何級数的に増加しているというやるせない現実に茫然自失した。

これにあわせて政府は、新型コロナ関連の報道資料で「大邱コロナ19」との表現を用いて地域住民の憤りを買った。「武漢肺炎」の呼び名は中国嫌悪を助長するとして「コロナ19」の名称を使えと言ったくせに、当の政府が「大邱コロナ」と言うのだから、まったくあきれたものだ。大邱は内外から押し寄せる不安に苦しみながら、同時に自尊心を傷つけられている。

新型コロナウイルスをめぐる事態がピークに向かう時の恐怖感は、私の韓方医院も例外ではなかった。当分の間休診するべきか悩みつつ、とりあえず数日休んでその後の経過を見ることにした。そこへ患者たちも来院を自粛（？）したので、しばらくの間活気がなくなり寂寞さえ感じた。

実に皮肉なことに、マスク騒動に続いて手指消毒剤、体温計、消毒用アルコール、医療用カット綿等、韓方医院の必需品は品薄状態だった。医薬品業者によると、1月からその兆候はあったという。この業者に「最近、景気はどうですか」と聞くと、「こ

の1月に比べて2月は50％、3月は30％程度の売上です」と心配そうな顔で答えた。これに基づけば、韓方医院の事情もさして変わりないだろう。

　現在、新型コロナウイルスの新規感染者は毎日100名余りずつ増加している状況である。防疫はすでに崩壊して形だけになっているのではないかとの疑念が生じる。今ではむしろ個人衛生（マスク着用、手洗い、咳エチケット等）に万全を期すことが大事になってきたようだ。世界保健機関（WHO）は3月12日、最高レベルの警報段階であるパンデミックを宣言した。これにより全世界に国際的な金融危機と大恐慌の暗い影がちらつく一方、韓国経済は活力を失いつつあるのだから不安でたまらない。
　健康保険公団[1]の等級判定委員会[2]では会議の際マスク着用が基本となったし、建物の出入り口で体温チェックや手の洗浄剤を使う等の対応が一般化している。
　そして中央災難安全対策本部は、「他者と2メートル離れる」「向かい合わず互い違いに座る」、時差通勤や在宅勤務の推進、集会や団体行事、宗教行事等を自粛する「社会的距離」の保持を求めている。いまや我々は、防疫の対象であると同時に主体となる重要な局面に立っている。
　このようなパニック状態と不安の為に閑散とした街、人影のない都市は徐々に憂鬱の沼に飲み込まれている。

　しかし、国内のコロナ禍においても大邱に向かう愛の波が伝

1）2000年7月、国民健康保険法の制定により韓国の医療保険制度が一元化された時に設立した国民健康保険の運営主体。
2）高齢者長期療養保険の対象者を調査・認定する団体。申請者を、日常生活への支障の程度に応じて1から5等級に分類する。

えられた。

「コロナ克服に協力します！」

企業や芸能人、各界各層からの寄付と、「善良なビルオーナー運動」[3]等が全国的に広がり、支援の手が絶えることなく差し伸べられているという嬉しい知らせだ。「＃大邱・慶北がんばれ！」「＃大韓民国ファイティン！」のスローガンもSNSで溢れるように拡散されている。

新型コロナの早期終息を目指す熱い思いに触れ、希望の歌を歌っている。

新型コロナウイルス感染の恐怖からは誰も逃れることはできない。よって、コロナに対する最善の防疫は信頼である。「大邱フォビア〔恐怖症〕」が、今では世界的な「韓国フォビア」となって広がりつつある。このような時こそ、我々には希望を語る知恵が必要だ。

我が国の民は、困難な時代に助け合う底力を見せた。「困ったときは互いに助け合う」という患難相恤[4]の精神が今も受け継がれている。

数日前、「コロナ19韓医診療センター」でボランティアをした後輩からメールが来た。「今週までは午前の診療を終えてから行っていたので忙しかったです。来週からはセンターがソウルに移るそうで、大したことはできませんが少しでも力になるべく頑張っています」という内容だった。彼の勇気と愛に、口元が緩む。

3）新型コロナウイルス感染症の影響により賃料の支払いが困難となるテナントの賃料を減免・猶予する動き。

4）「郷約」（中国の郷村社会における道徳の実践と相互扶助をはかるための規約）に書かれた四大綱領のうちの一つ。困難が生じた時は互いに助けるべきだという意味。

一日も早いコロナウイルスの終息の為に、人類の知恵と力を合わせるべき時だ。

　大韓民国は同じ船に乗った運命共同体である。がんばろう大韓民国！

新型コロナウイルス、50日の記録

イ・ジョンボク カフェ23g代表

　大韓民国で最初の新型コロナウイルス感染者が確認された日が1月20日、大邱で最初の感染者である31人目の患者が出た日が2月18日だったので、もう全国では81日、大邱では53日が経った。

　この間、荒涼とした冬が過ぎ、いつしか例年通り桜の花が咲いては散り、また緑が徐々に木々を覆い始めた。

　しかし、新型コロナの傷が最も深かった大邱は、未だ冬のトンネルから抜け出せていないように感じる。未だに学生たちは冬休みの延長線上にいて、どの学校の新入生も入学を祝うことはおろか学友の顔も知らず、担任の紹介もまともに聞けないまで始業の日だけを待っている。

　私が経営している小さなカフェ、カフェ23gも新型コロナの攻撃を避けることはできなかった。

　当初、中国武漢で広がった新型コロナウイルスのことは、単にその国の事としか思っていなかった。伝染病で、感染力も強く、死者も出たが、それが韓国にまで及ぶとは考えていなかった。単純に、中国だから、と深く考えていなかったのも事実だ。感染が広がったとしても一部のみで、大きな被害もなくすぐに制圧できるものだと思っていた。

　国内31人目に大邱初の感染者が現れて、それが教会で（当初

は新興宗教団体の新天地だとは思っていなかった）発生したと分かった時も、驚きはしたが解決するだろうと個人的に思っていた。だが、そんな個人的な楽観は新天地と聞いて崩れ去った。

　恐ろしかった。想像を絶する恐怖と不合理、そしてパニックが襲ってきた。カフェは文字通り一瞬で灰燼と化した。日ごと感染者が爆発的に増加する中、人々はパニック状態に陥り、街を出歩く人もほとんどいなかった。

　カフェの売上はたちまちどん底まで落ちた。今までになかった経験だったので、私はずいぶんと狼狽えた。カフェの営業時間は大幅に改め、早めに閉店するようにした。こんな状況でカフェをどう経営するべきか判断がつかなかった。何故なら、1月は一年のうちでカフェの売上が最も下がる閑散期であり、2月、3月の売上を見越した旧正月の支出がかなり嵩んだ状況にあったからだ。

　特に、カフェの仕入れはほとんどカード決済だったためカードの支払額が多く、2月の請求額が心配だった。あまり場所がいい店ではないので、ひと月でも躓くと相当なダメージに繋がるのが現実だった。しかも新型コロナをめぐる現状は当座のダメージばかりか先の影響まで判断しづらいような状況だった。

　そこで一旦、営業時間を昼間に限定することにした。喉が捕盗庁〔食べていくためには悪いことでもせざるを得ないという韓国のことわざ〕なので、店を閉めるわけにはいかなかった。妻は危険だから店を閉めようと言ったが、そうすることができなかった。危険ではあったが、ここで挫けるわけにはいかなかった。カード会社や利息は待ってはくれないから……延滞でもすればすぐに信用情報に記録され、今後商売をするうえで影響を及ぼすのでやむを得ないとの判断だった。

　今思えば、実に馬鹿げた愚かな行動だった。運が良かったか

ら何事もなかったものの、万が一良くない事が起こっていた
ら、もっと大きな問題が発生したかもしれないと反省してい
る。

　ひとまず、各保険会社の口座振替を全部中断した。それから
各種公共料金の口座振替も中断し、同時にカードと利息以外の
すべての引き落としを中断した。そして、前もって小商工人〔常
駐従業者5人未満（製造・建設・運輸は10人未満）の会社の事業主〕の公
団が実施するコロナ貸付を調べてみた。

　だが、やはり小商工人の公団から融資を受けるのは難しかっ
た。そもそも融資資格が現実的でなかった。私が公団に相談し
た日が2月26日なのだが、公団側は、前年度1月から2月25日
までの売上高と今年1月から2月25日までの売上高を比較して
10%以上減少していれば貸付が可能だと言うのだ。

　笑わせてくれる。大邱で31人目の感染者が出たのが2月18
日なのに、売上が急減してからまだ1週間余りだというのに、
比較する期間をこのように設定したのでは誰が売上減で融資を
受けられるというのか。もどかしかった。

　幸い、信用保証基金〔韓国の公的金融機関〕のほうに直接連絡し
てみると、コロナ貸付が少し受けられると言うので申請した
が、実施まで5週間かかるそうだ。潰れた後に貸し付けるのか、
と思った。（幸い現在は銀行でのコロナ貸付が可能になった為、時間が
大幅に短縮された。）

　並行して、カフェは時間を短縮したまま営業を続けた。まめ
に消毒と手洗いをしてマスクをつけ、営業をするにはしたが、
売上は伸びなかった。

　それでもどうしようもないだろう。自分が悪いわけでもなけ
れば、自分だけでなく今は皆が大変な時期なのだから。ただ、
生きるために客がいなくとも店を開けざるを得ない境遇が、や

るせなくもあった。

　大邱では今、新型コロナウイルス感染者がずいぶん減った。
　多くの感染者には不幸な事であったが、全国の医療従事者の
献身とボランティアの努力によって犠牲数は抑えられた。加え
て、他国では激しいと聞く買い占めも、ほとんど起こらなかっ
た。マスクにしても、混乱はあったが、それぞれの努力によっ
て解決することもできた。
　その結果、客入りはまだ多くはないがカフェは通常営業に
戻った。未だ不安な状態だ。これから景気がどうなるか分から
ない事が怖い。何故なら、コロナウイルス感染症だけでなく、
原油価格の暴落と世界的なコロナの流行による経済的パニック
が起きているせいで、この先どうなっていくのか見当がつかな
いのだから。
　今後もっと辛い状況が待っているだろうと思う。当面はコロ
ナ貸付でどうにかしのいでいるが、将来的に景気低迷が私の人
生にどう影響してくるか、今は何の予測もできない。それでも
仕方がない。自分の力で防げる事ではないのだから。まずはと
にかく、新型コロナウイルスのワクチンが早期に実用化され世
界的火急の問題が解決されること、世界経済が回復し正常化す
ることを願うばかりだ。
　今回のコロナ禍ではきっと誰もが苦しんだ。未だ解決はして
いないが、少なくともどのように受け止め、対応し、生きてい
くべきかを考える時間を与えられた。これからも、新型コロナ
ウイルスのような感染症に限らず様々な困難が立ちはだかるか
もしれない。
　これをきっかけに、もう少し未来について考え、未来に備え
ながら人生を送らなければと思っている。

コロナをくぐり抜けて

イ・ジョンイル イ・ジョンイル遊び研究所代表

冬の間、全く仕事がなかった。

頻繁にクレジットカードを使うような先の見えない日々を送っていたが、引き出しに蓄えていた30万ウォンには手をつけなかった。

妻の誕生日を2カ月先に控えた頃、私は安渓に住むソン・ジョンデ先生から誕生日にはネックレスをプレゼントしてはどうかとアドバイスをもらった。

2019年は受験生の母親として高校3年の長女を励まし続け、娘は無事に地元の国立大学に合格した。お金にならずうだつも上がらない遊びデザイナー兼童謡作曲家と人生を共にしていつの間にか20年経っていた。そんな妻に感謝のプレゼント一つも考えが及ばないとは面目なかった。しかも年老いた私の両親と、古びた韓屋で一緒に暮らす今どき珍しい優しい嫁だというのに。

何日かあちこちネックレスを探し歩いた。地元の校洞ジュエリー通りではなくてインターネットでの話だ。タングンマーケットという中古品通販サイトものぞいてみた。いくつかのネックレスに目星をつけるうち、少しずつ妻に対する思いが深まって感謝の気持ちが熱くこみ上げてくるのがわかった。妻にはネックレスを受け取る資格が十分にあると思うと、妻に「ありがとう」と口にする回数が自ずと増えた。

妻の誕生日の数日前、「今年はあなたも大変だったから、ネックレスでもプレゼントしようか？」と言うと、ネックレスはめったにつけないし鬱陶しいから腕時計がいいと答えるではないか。妻が腕時計を見に娘と校洞に出かけた日、新型コロナウイルスが大邱までやって来たというニュースが流れ、「マニュアルのない自宅隔離による問題」が一つ二つと起こり始めた。そして飛沫問題やマスクの必要性が強調されるやマスクが底をつくようになった。

　直に私の仕事もすべてキャンセルになり、仕事がなく恨めしい気持ちでSNSを開けてみた。すると歌手ファン・ソンジェさんと大邱チョクパン[1]相談所のチャン・ミンチョル所長のトークが目に入った。「ラーメン10箱ありがとう。金が無くて……」「これから稼げるじゃないか」。こんな感じの内容だったが、これは何か問題が起きていると直感が働いた。社会的弱者にとって社会からの断絶や物資が途切れることは生存に関わる問題だ。どうしたらいいか、あちこちに電話をかけて解決方法を探った。

　するとチョクパンに住んでいる人たちのマスクが足りないことと社会福祉法人ハンサランの保育園に教師用マスクがないことが分かった。

　妻と緊急会議を開いた。妻は進んで同意し、すぐにマスクを作って送ろうという結論に至った。妻は腕時計に充てるお金でマスク用の布地を買おうとまで言った。すぐに妻の実行力が発揮された。さっそくインターネットでマスクの型紙を見つけては西門市場へ電話をかけ、マスク作りに必要なものを調べ上げた。金曜日、私たちは妻の腕時計を買うはずだったお金で材料

1）チョクパンは部屋の中をいくつかに区切り、1〜2人が入れる大きさに作り直した部屋。3平方メートル前後の小さな部屋が多く、一般的に保証金なしに月家賃で借りることができる。

を仕入れた。チャンドク韓薬房のソンムンさんがマスク作りの足しにと10万ウォンを寄付してくれた。

　自分たちだけでやっても意味がないと思った私は知人たちに電話やSNSで声をかけ、土曜日に集まることにした。

　ミシンは1台しかなく、一人でやればすぐにできることだが、それでも誰かと一緒に何かを分かちあうことは歩みはゆっくりでも尊いことだと考えた。

　そうして、マスクの作り方すら知らなかった私たちは3・1万歳運動階段〔3・1独立運動の舞台となった90段の階段〕を下ったジョンイル遊び場に集まった。参加者はそれぞれ仕事を分担し、子供たちも読んでいた本を閉じて手伝ってくれた。

　夕食は支援金でまかない、次の日は集まらないことにした。ウイルスの拡散が激しくなりソーシャルディスタンスを守る必要があった。この2日間マスクを手直しして仕上げるのは私の妻ソンジンがすべて引き受けてくれた。私はただこまごまとしたことを手伝うだけでほかにできることはなかった。

　翌日、社会福祉法人ハンサランのインギュさんが訪ねてきた。ハンサランでもマスクを作ってみようという。大邱市議会のイ・ジルリョン議員があちこちに声をかけてくれたのだった。

　ある人はプレゼントを、またある人は差し入れを、そして材料費を送ってくれる人もいた。当初材料費は受け取らないことにしていたが、みなさんがどうしてもと食い下がるので、最後は根負けして受け取ることになった。

　実を言うと、家族三代が一緒に暮らす家の家長が冬じゅう仕事もなくボランティアをするのは心苦しいことだった。毎日がもどかしく、両親とも目を合わせられない私の苦しい気持ちを

気遣ってくれる人たちがいた。

　チョクパン相談所からはマスクを作る費用に充ててほしいと商品券が送られ、知り合って間もない人も大きな金額の生活費をくださった。また全教組の先生たちが募金をして家賃を補ってくれた。イ・ジルリョン議員の友人も、ソンムンさん、ミギョンさん、ウジョンさん、スオクさん、ヒョンジュさん、ヘンソンさん、ヨンウさん、ジョンナムさん、ヨンスクさんなど多くの人が日々をまかなうお金を送ってくれた。

　2日が過ぎ、社会福祉法人ハンサランにマスクを持っていくと、ハンサランでもいつの間にかマスクを作り始めていた。

　その翌日はチョクパン相談所へマスクを持っていった。

　噂を聞いて記録に留めておこうとする人、取材に来た人、放送のために来た人もいた。

　過去の経験から、テレビや新聞にたびたび取り上げられると「非難されるだけなのでは」という思いがして、取材は断り自分は隠れていようと考えていた。しかし演出家、記者、番組作家のみなさんがせっかくお願いしてくれているのに、ええい、ままよと出演要請にはすべて応じることにした。

　結局、妻ソンジンの誕生日プレゼントになるはずだった腕時計代は、妻の手によってマスクに生まれ変わり、皆さんのお役に立つものに変わった。

　気がつくと私一人お褒めの言葉をいただいていた。実際はそうではない。妻であるソンジンが受け取るべきだ。

　今も週に何十枚かチョクパン相談所へマスクを届けている。

　仕事もせずにぼんやりしているよりは芸術家の責任とは何か考える機会になった。チョクパン相談所で支援品を仕分ける手伝いをしながら、大邱東山病院食堂で夕食ボランティアをしな

がら、新型コロナを元気に乗り越える歌を作ることに決めた。

　人びとの不安や恐怖心を刺激するフェイクニュースが急激に広がっていた。そこで急遽、伝染病に打ち勝つ7つのルールを歌に込めた「いつかは終わるよ」を作った。すぐさまYouTubeに載せると反響がよかった。引き続き何曲かYouTubeで公開した。しまいには新型コロナと闘っている小さき者たちと、時間と物質を提供してボランティアする人たちを称える歌を発表した。この歌を聴いたある方が翻訳版を作ってアップしてくださるということもあった。

　4月4日はボランティア活動をせずに西門市場に出かけた。
　マスクの評判がよくて、何人かからマスク製作の依頼が入ったのだ。私たちはこうした注文に応じつつ、チョクパンに住む人たちにもマスクを届け続けるつもりだ。
　ソンジン工房はいまや韓服製作と伝統工芸ではなくマスク工房として有名になった。

花たちの悲鳴

チャン・ギョンスン プルンコッ花園代表

2月21日、お客様から電話が入った。

「本当に申し訳ないんですが、新型コロナでイベントができなくなりそうです。花束、まだ作っていませんよね？ キャンセルしたいんですが」

"どうしよう。朝早くお花を仕入れて準備しちゃったんだけどな"

その前の晩、新型コロナが広がりだしたというニュースが流れた。花束の予約がキャンセルになるのではという心配が的中してしまった。

大邱で新型コロナウイルス31番目の感染者が確認されたと発表された翌日だった。韓国内で新型コロナの感染が広がり始めた日から、花屋にはイベントに使う花のキャンセルが相次いでいた。花はほかの使い道にまわすことができない商品なので、キャンセルはすべて損害になってしまう。

今年は、卒業式を学校ごとに旧正月の前後に振り分けて行うと聞いていた。旧正月前から花の値段が上がっていて、卒業式用の花束準備に多くの費用がかかっていた。

コロナが少しずつ広がり始めると、旧正月後に予定されていた卒業式はほとんど中止になり、花束を買い求めるお客様はだんだんと減っていった。花を保管する冷蔵庫では、卒業式の日程に合わせて仕入れていた花がしおれ始めていた。

2月22日、結婚式用に注文を受けていた花輪は結婚式ともどもキャンセルになった。

　その日から結婚式の延期やキャンセルが続いて花輪の注文は途絶えてしまった。31番感染者がクィーンベルホテルに立ち寄ったという報道があり、ちょうどその時間帯にホテルの結婚式場に品物を届けた配達員は14日間の潜伏期間が経過していたにもかかわらず、少しでも身体に異常があらわれると自分も感染したのではないかという後遺症に苦しんだ。

　新型コロナ感染者が増えるにつれて仕入れた花は花き用冷蔵庫でしおれてゴミになり、損害がだんだん大きくなってきた。鉢植えを何種類か仕入れようと卸問屋を訪ねた時だ。マスクをつけ、互いの顔を合わせないようにはす向かいに立って挨拶を交わした。問屋の社長は絶望的な口調で訴えた。

　「大邱の商売人は競りに来るなって言われるんですよ。大邱はまるで武漢扱いですよ。だから品物がなくなっても競りに行くこともできなくて。仕入れた鉢植えも売れないままだから、新しく仕入れる理由もないんだけど……」

　ランの鉢植えを扱うこの店は、例年なら注文が多くて声をかけるのにも一苦労するほどなのに、あまりにも閑散とした光景に驚いてしまった。

　ラン類は普通釜山やソウルの競り市や卸問屋を通して小売業者に流通される。

　35年ほど花屋を経営してきた間には、花は過剰消費だと規制を受けたこともあるし、請託禁止法（キム・ヨンナン法）[1]による

1) 公職者等に対する不正な請託および公職者等の金品等収受を禁止する法律。公職者等の公正な職務遂行を保障し、公共機関に対する国民の信頼を確保することを目的に、2016年9月28日施行された。正式な名称は「不正請託および金品等の収受禁止に関する法律」。最初に提案したキム・ヨンナン国民権益委員会委員長にちなんで「キム・ヨンナン法」と言われている。

打撃を受けたこともあった。しかし今回のように新型コロナウイルス感染症によって被害を受けるとは思いも寄らなかった。

　自分にはこの仕事が天職で、健康が許す限り花屋を続けるものだと思っていたのに、この頃だんだんと自信を失っている。

　ソウル、釜山、蔚山の同業者から電話がかかってきた。

　「私たちも厳しいけど、大邱はもっと大変でしょう？　本当は電話をかけていいものか迷ったけど、やっぱり心配で電話しました。先も見通せなくて何と言っていいか言葉も見つからないけど、ご無事ですよね？　みんなで力を合わせて今を乗り越えたらきっといいことがありますよね？」

　どこも厳しい状況なのに、感染者の人数が増える一方の大邱はもっと大変な事になっていると考えているようだった。

　新型コロナ感染者が立ち寄った病院の葬儀場に出入りしている配送業者は配達に行くのが怖いと不安がっていた。

　花輪を注文するためにお客様が写真で送ってくれた訃報には「弔問は丁重にお断りします」と書いてあった。花輪を運んでくれる配送業者によると喪主家族だけで棺を守っていて、葬儀も二日葬に短縮するケースもあるのだという。

　年度初めの人事異動や昇進をはじめ、開業、誕生日、結婚記念日、バレンタインデー、季節のフラワーアレンジメント、学校、イベント会場に納品する商品が今年はさっぱり売れなかった。

　気品のある東洋ランはとうとう枯れてしまい、華麗な胡蝶蘭は美しい姿を愛でてもらうこともなく花を支える支柱だけが残った。

　春といえばフリージア、バラ、ラナンキュラス、チューリップ、アネモネ、ストック、キンギョソウなど美しい花が多い季節なのに、在庫を考えると仕入れるわけにはいかなかった。

花は愛情そして感動そのものなのに、今その花は私の心を痛めるだけなのだ。

　春の花、鉢植えで埋め尽くされるはずの店内はがらんとしたままだった。

　売上ゼロの日もあった。店の家賃、光熱費、生活費、保険料、その他もろもろ必要な資金はどうしたらいいのだろう？

　コロナ前も景気がよくなくて経営は厳しかったが、最近はさらに厳しくなった気がする。ランの価格もまた例外ではない。価格は下がり、消費自体もよくなかった。結婚式の花輪に多く使われるガーベラは大きく値下がりした。

　数日前、生花卸問屋から電話がかかってきた。バラを買ってくれないかという話だった。農家から直接バラを委託販売している業者だった。

「今は特にバラは必要ではないんですけど」

　示された価格に驚いて、ひと束送ってくれと伝えた。花でも見れば慰められるような気がしたのだ。

　いつもの年なら出産、誕生日、結婚記念日、喜寿、還暦、開業、昇進などお祝い事のためにアレンジメント、花束、鉢植え、ランの注文がたくさん入るシーズンだ。しかし、今や世の中は新型コロナに恐れおののいて花屋など眼中にないようだった。農家を応援するために花を贈ろう、一人一鉢育てようと宣伝しているが、私の店には花一本、鉢植え一つ買いに来るお客様もいなかった。時折、葬儀場の花輪の注文があるくらいだった。

　コロナはいつ終わるのだろう？

　朝、出勤途中にラジオで「人びとが花に心を込めて表現したものが花言葉だとするなら、桜の花言葉は治癒であり待つことだろう」と言っていた。

　街中の桜が満開を迎えていた。

農場に出かけて鉢植えを選び、花で埋め尽くされた店は香りに満ちあふれ、時を忘れて花を見つめていた日々はいつの話だろう。

　次から次へと入る注文に追われ、店じまいをするころになってようやくお昼ご飯にありつける、そんな日がまた戻ってくるのだろうか？

見て、聞いて、感じることの幸せ

チャン・ウォンチョル テグアングル代表

　夜、トイレに行こうとして起きると、目の前に大きな黒い点が見えた。たいしたことはないだろうと思って、我慢しつづけていたが、後にはモノが曲がって見えるようになった。慌てて近くの眼科に行ったところ、すぐに大きな病院で診てもらいなさいというではないか。今もマイナス30ディオプトリー、つまりド近眼だというのに、手遅れになると失明するかもしれないとの言葉に、店を閉めて東山病院の眼科に行った。妻ががらんとした待合室を見まわして言った。

　「普段は患者でいっぱいなのが当たり前なのに、がらんとしているのね」

　「コロナに感染するんじゃないかと思ってみんな用心してるんだよ」

　窓の外からは救急車が切迫したサイレン音を立てて病院に到着していた。一台二台どころではなく、立て続けに。新型コロナウイルス陽性患者が急激に増えている証拠だった。コロナを少々たちの悪い風邪ぐらいに思っていたが、重症者の応急治療センターに実際来てみると全く状況は異なっていた。恐ろしいことに、日ごとに死亡者が増えていく勢いで、呑気に構えていられる場合ではないということは間違いなかった。

　「これって恐ろしい病気みたいね。どんどん亡くなる人が増えているじゃない」

「持病のある人たちらしいよ」

「50代以上の人で持病のない人なんかいる？」

「だんだん先行きが怪しくなってくるな。零細業者だけが潰れていくんだ」

　新天地のことさえなければ、早い段階で流行を抑えることができた。困難な時ほど互いに助けあって病に打ち勝たなければならないというのに、まさかわざと台無しにしてやろうと思ったわけでもないだろうが。店から東山病院は車で5分のところにある。東山病院が移転して来たので総合病院が近くなり、心強くて良いには良いのだが、一日中ひっきりなしに鳴り続ける救急車のサイレンの音には不安にさせられ、騒々しいことはこの上ない。

　妻がニュースを検索してみると、新天地の信者がばら撒いていたコロナウイルスが全国に広がり、疾病管理本部が危機警報のレベルは深刻段階であると発表したというのだ。これこそ本当の大型事故だ！　治療薬もなく、感染スピードも速いというのに。とにかく人に会わないことでしかウイルスを遠ざけることができないというのでは、国民ひとりひとりが自宅待機するしかないだろう。お客さんをどうやって迎え、製品の説明はどうやってしようか。どのような製品がほしいのか説明を聞かなくてはならないし、設計図を描き、見せ、商品の代金を決めなければならないのに、きっちり2メートル離れて商売をしなくてはならないのだろうか？　ええい、どうにかなるさ。昔は一日一食、どうにか食いつないでも死なずに生きのびたんだ。今は飯の心配をしている場合ではなく、感染の心配をしなければならない。ウイルスを家に持ち込まず、人にもうつさず。

　セミナーに参加していた医者が帰って来たので眼科の診察を受けた。医者が目の手術をしましょうと言って、手術日をおさ

えてくれた。医者に、そんなにも急ぐ必要があるのかと尋ねると、ぐずぐずしていると本当に視力を失うかもしれませんよと怖がらせる。いつなら都合がいいのかという医者の問いに、妻は明日にでも手術をしてくれと言う。まったく、妻はどうしてあんなに落ち着きはらっているのだろう。私の目のことで驚きすぎてもう慣れっこになってしまったのだろうか。優しいのだが、きっぱりとした決断力のある妻だ。

　予約をし、日を決めてからさらに何日も待つのが普通なのに、どういうわけかすぐに手術をしようと言うからには確かに急を要するのだろう。よし、手術をしろというならばしようではないか。とにかくコロナのおかげというところもあり、運が良いと言わなければならないのだろうか？　手術の予約をして、家に帰る途中で薬局に寄ると、この騒動の間にマスクが売り切れてなくなってしまっていた。

　救急車があんなにたくさん行き交う理由が分かった。大邱をはじめ、慶尚北道がコロナウイルス発生による特別管理地域と発表され、全国の300人以上の救急隊員が救急車とともに大邱に駆けつけ、爆発的に広がり始めたコロナ患者を乗せて運んでいるのだ。

　「珍しいくらい先天的な超高度の近視ですね」

　その目で今まで苦労して、働いて稼いで暮らしてきたのだというふうに、妻が私の肩をぐっと、押さえてくれた。偉いわ、といつも言ってくれる言葉をかけてくれながら。手術を受けても目がすっかり良くなるわけでもないが、しばらくはなんとかなるだろうと肯定的に考えた。一般の患者がおらず、手術を早く受けられるのだから個人的には良いことだ。どの病室もベッドが空いており、三等室の入院患者は私を含めて2人だ。数十回の注射と二時間半の辛い手術に苦しめられたが、30㎝も見え

なかった視界が、術後1カ月で高度近視眼鏡をかけて店に出ることができるまでになった。両手を合わせて神様に感謝をしなければならないだろう。

　新型コロナウイルス発生51日目にしてようやく大邱では陽性患者がゼロを記録した。疾病管理本部の迅速な対応によって患者が減少していることは不幸中の幸いと言えるだろう。お客様にいつも商品を届けてくれている70代のバイク便業者は、コロナのせいで注文が半分も入ってこないと嘆いていた。また、古紙よりもましだからと言って、毎日店にくず鉄をもらいに来ていた老人は、くず鉄のお礼にと3,000ウォンのワインを1本買って来てくれた。そんなことくらいでワインをくれていたらかえって損だよ、次からは買って来なくていいからと、そう言って帰らせた。日曜日以外は一日も休まない老人がどういうわけか、このところすっかり姿を見せない。

　今のようなコロナの時代には、誰かを見かけなくなると病院に運ばれたのではないだろうかととても不安になる。店を経営している零細業者たちは誰もが苦境に喘いでいるのだ。新天地の信者たちによって大邱で陽性患者全国1位を記録した時は、どこかに行って大邱の出身だと口にすることすら申し訳なかった。実際、大邱の青年がソウルに行って部屋を取るのに苦労したとか、食事もできずに追い出されたという話を聞いて、本当に恥ずかしかった。

　余談だが、数日前に約束があり夫婦そろって出かけた先で、友人たちが賑やかに手を振りながら、コロナの時代なのだからくっついて歩かないで離れて歩けというのでずいぶん笑わせてもらった。

ツツジがぱぁっと咲いたら

チョン・スニ チョン・スニ論述学院院長

　昨年8月、汗水を垂らして論述学院〔主に大学入試の論述試験対策のための塾。以下塾〕を開いた。

　ひと月まるまる走り回って準備したおかげで3,000冊余りの本が本棚に並び、杉の香りの漂う机も整えられた。何より静かで新鮮な森の雰囲気を出したくて、木と花で学校を飾ったことは実によくやったと思う。本を読む子供たちが「先生、ここに来たら不思議と集中できるんです」と言って喜んでくれるからだ。

　秋が過ぎて、冬を迎え、少しずつ受講生が増え、授業の準備をする私も落ち着いてきた。新学期になれば塾の経営も安定するだろうと思え、とてもわくわくしていた頃だった。

　2月19日の朝、冬休みの特別講義で早朝から授業をしていた時だった。続けざまにメッセージが入って来た。コロナウイルス感染拡大防止のために、休塾を強く勧告するという教育庁からのメッセージだった。

　「ウイルスなんか一週間もすればおさまるわ」と思い、元気に塾の門を閉めて家に帰った。

　走り回っていた日々に、贈り物のような余裕のある時間が与えられたようで、どうやってこの時間を有意義に過ごすか計画を立てた。後まわしにしていた原稿を引っ張り出し、読みたい本を探して机の上に積んでおいた。英会話、絵を描くこと、人

文学の講義を聞くこと、ストレッチに至るまで。休校の間、有意義に過ごすつもりだった。

　ところが、毎朝入ってくるニュース速報に心を奪われて何もできなくなった。雪だるま式に陽性患者数が膨れあがるニュースに、やる気満々で立てた計画は計画の中にだけとどまり、恐怖と心配に押さえつけられて、頭は毎日ずきずきと痛んだ。

　どうすることもできないまま時間は流れて行った。遠方の知人は孤立した私たちを心配して食料品を送ってくれ、頻繁に電話で慰めの言葉をかけてくれた。

　その頃、塾に置いてある木と花が心配になり始めた。2週間ものあいだ閉じ込められてしまった植物たちは、ぐったりと倒れてしまっているような気がしてならなかった。特に廊下に出しておいた大きなツツジは水も与えられず、枯れてしまっているかもしれない。車に乗って塾に行くのもためらわれた。見えないウイルスがゾンビのように襲いかかって来るようで恐ろしかった。夫は一人で行ってくるといって塾に行った。ずいぶん経ってから帰って来た夫は、よれよれに乾いてしまっているものもあるし、ぐったり倒れているものもあるし、黄色く変色しているものもあって、応急処置をしておいたと言う。幸い、ツツジは元気よく塾を守っていてくれたと、感心していた。弱っている植物は鉢ごと箱に入れて持って帰り、ベランダにずらりと出しておいた。

　目を覚ませばテレビをつけていた夫が、その翌日からはベランダに立って朝を過ごしていた。普段私が新しい植木鉢を買ってこようが、水をやろうが、鉢の植え替えをしようが、全く興味のなかった夫が、今では植物たちの保護者になったかのように水をやり、葉と枝を整え、茎を立ててやり、植え替えまでし

ている。

　ある日、まったく物音がしないので、ベランダに行ってみた。夫は塾から持ってきたカランコエがたっぷりと花を咲かせているのをぼんやりと眺めていた。私は言葉をかけるのがためらわれて、後ろでしばらく見ていたが、小さな声で夫を呼んだ。

　「あなた、何をしているの？」

　「うん、花と話をしているんだ」

　夫の返事に、私はぷっと吹き出した。

　「花の名前ひとつ知らなかったあなたがコロナのおかげで女性ホルモンが出たのかしら？　ずいぶんセンチメンタルなのね」

　ある日は、朝食の準備をしている私を大声で呼んだ。

　「おい、ちょっとこっち来てみてくれよ！」

　私は何事かとベランダに駆けつけた。

　「ここ、ここ見てくれよ！」

　夫が指差していたものは豆粒ほどの小さな多肉植物の新芽だった。

　「こいつら、本当にすごいな。こんな狭いところで育っているんだぞ！」

　夫は生命の神秘を発見したようにうわずった声で言った。

　夫が植物たちと対話している間、私は私の計画を思い出した。まるで固い植木鉢の中で一滴の水も与えられずに、干からびてしまった種のような私の計画たち。どうせ塾は休むしかなかったのだ。しかしこのままではダメだと思った。少しでも実践しなければと思った。

　毎朝、超初心者レベルの英会話の勉強から始めた。YouTubeで出会った先生と毎日時間を過ごすのも35日目となった。英語の勉強が終われば絵も描いた。山を描き、花を描き、人の目

を、鼻を、髪の毛の描き方も学んだ。その次は人文学の講義の聴講だ。トルストイに会い、ニーチェに会い、ドストエフスキー、ユングにも会った。これもYouTubeの先生を通じてだ。カール・グスタフ・ユングに至っては、講義だけでは飽き足らず、660ページにもなる自叙伝も読んだ。読み終えてみると、思い出すことは特になかった。それでも読んだということだけで十分だった。

　書きかけの原稿にかじりついてうんうんと苦しんだりもし、様々な作家に出会いもした。金源一（キムウォニル）、金薫（キムフン）、東野圭吾、アンドリュー・ポーター、佐野洋子、テッド・チャン。そして私が好きな多数の韓国の童話作家が書いた童話も読んだ。本を読んで何をどれぐらい得たかというよりは、読みたい本をごろごろしながら読み切ったということに満足した。

　英会話は相変わらず超初心者レベルだし、絵もまだまともに描けないし、人文学も相変わらず難しいし、原稿も未完成だし、本は読んでもぼんやりとしているけれども、ずきずきしていた頭がすっきりとして、不安だった心がどこか落ち着いてきたようだった。

　休校になってから50日が過ぎた。

　幸い、陽性患者数が減少し、昨日大邱は陽性患者数がゼロだった。本当に良かった。

　通帳はすっからかんになったばかりか、太いマイナスの記号がくっきり鮮やかだ。しばらくは現実的な悩みからどうやって抜け出すか、心配ごとだらけだ。しかし、呪文のようにひとりごとにしてつぶやく。

　「つらいのは私たちだけじゃない。みんな大変なんだから。なんとかなる。そうよ、なんとかなるしかないのよ！」

午前中、一人で塾の植物の世話をしに行っていた夫がビデオ通話をかけてきた。

　「ツツジだよ！　見てくれよ、つぼみ！」

　本当にいじらしい程かわいらしい赤いつぼみがついていた。

　「ツツジがぱぁっと咲くころには塾もまたやれるさ！」

　夫が何の心配ごともない人のように大きく笑って言った。

　今日も夫は多肉植物の葉を取り、葉挿しをしたと言う。そんなこといったいどうやって知ったのかと聞くとYouTubeの先生が教えてくれたとか。じきに植物博士になるのではなかろうか。

　私も再び本を手に取る。塾を再開する前に読まなければならない本がまだ5冊も残っている。つつじが咲く前に早く読んでしまわなければ。

怒りと狂気の時間を越えて

チョン・ヨンエ トンイル電機理事、詩人

　新型コロナウイルスがこの都市を襲った時、まず最初に考えたことは脱出だった。しかしいくら眺めまわしたところで行くところなどなく、なにより抱えていた仕事をそのままにしていくことはできなかった。しかたなく私たちはウイルスに襲われた都市でなす術もなく耐えるしかなかった。

　『ペスト』で政府の役人たちが毎日死んでいくネズミの数を発表していたように、韓国でも毎日コロナウイルスに感染した人の数と死亡者の数が発表された。市民が不安と恐怖に震えているのをよいことに、宗教家は自らの神を信じないことによる罰が下ったのだと、一心に祈りを捧げよと言い、実際に一部の人々は祈ることによってのみウイルスから身を守ることができるとでもいうかのように神にすがった。神を信じることも、祈りもしない私はただ現代医学を信じ、一日も早く治療薬や、ワクチンが開発されるのを待つしかない。

　大邱で感染者数が増え、世界各国は先を争って韓国、特に大邱の人々の入国を禁止した。事業のほとんどを外国で行っていたわが社にとってはまさに青天の霹靂だった。中国で働いていた社員は急遽帰国し、進めていた事業はすべて中止した。毎日のように世論は外国からの入国を抑えなければならないと喚きたてていたが、もしも本当にそうなれば、私たちはなす術もなく、見えないウイルスだけを見ていなければならない状況だった。

結局、わが社は社員たちの出勤を取りやめなければならなかった。出勤したところですることもなく、社員たちの人件費と経費をまかなえるはずもなかった。その頃はまだ政府から、人件費について何の話もなく、私たちはしかたなく一部の社員を解雇するに至った。とりあえず失業手当だけでももらいながら持ち堪えてもらうより、お互いにどうしようもなかった。しかし、これまで技術を磨いてきた熟練工たちが辞めてしまうのは何よりも惜しく、残念だった。会社の経営が回復し、彼らを呼び戻す前に彼らがどこか別の会社に就職してしまったらこれまでの苦労が水の泡になってしまう。しかし何よりも、政府から社員への給与支援や、解雇される人びとに対する福祉システムがなかった。せいぜい生計支援費という名目で、当面の生活費をくれるのがやっとだった。

　私はあらゆる面で何もすることができなかった。夫は社員が出勤しない工場へ毎日弁当を持って通った。社員たちが休むといえ夫が生涯かけて育ててきた工場を空けておくことはできないのだ。食事をとるところも十分になく、一人で食べに行くことも容易ではなかった。毎朝弁当を用意しながら、突然様々な思いが胸に押し寄せてきた。会社を初めてから30年あまり、一度も私たちの方から社員を解雇したことはなく、工場の稼働を一時停止したこともなかった。あのIMFの苦難の時にも私たちは一方では受け取った手形が不渡りになり、また一方では仕事が押し寄せて駆けずり回らなければならなかった。また、私たちが大変なことを知り、他の工場から応援に来てくれたこともあった。大変ではあったが仕事があるのだから耐えられるとだろうという希望があった。そして私たちはその時期を無事に乗り越えることができた。

　当時私たちを助けてくれた工場で大火災が起こった時にも、

迅速かつ正しい判断で対処してくれた社員たちのおかげで、私たちは一人の負傷者も出すことなく無事に避難でき、リーマンショックの時にも、IMFの時の経験から現金を備蓄しておいたおかげで大きな困難もなく切り抜けることができた。私たちの工場はいつも仕事があり余るほどあり、私たちは奮闘していたのだから、不況など私たちにはいつも他人事だったのだ。

　しかし新型コロナウイルスがわが国を直撃した時、危機を直感した。わが国だけでなく、まず中国がやられ、日本もやられていた。いずれ全世界的な流行になり、私たちだけが災難にあったIMFの時とはどうやら次元が違っているようだった。解雇された社員たちには申し訳ないことだったが、夫はまず社員の規模から縮小した。人件費とそれに伴う経費が重くのしかかっているうえに外国への出国もままならず、このままずるずると引き延ばしにしていれば共倒れするほかない状況なのだ。幸い夫はIMFの経験から、不動産よりも現金を備えていたのでしばらくは持ちこたえられるかもしれない。しかし、依然として政府の企業支援は極めて不十分であるし、これまでもそうだったように、私たち個人はただただ忍耐を強いられるのだろう。今まで私たちが納めてきた税金だけでもいくらでも乗り越えられるはずなのに、政府は私たちの納税に対する代価を準備してくれてはいなかったのだ。

　私はそのように工場に通う夫を横目に家に籠って文章を書いた。孤立した状況というのは作家にとっては文章を書くのにはうってつけの環境だろう。あり余る時間の中、腕が痛くなるほど書きに書いた。30年あまり育ててきた会社が潰れるかもしれないという不安を振り払うために、さらに書物の世界に深く入り込んでいった。

　旧正月の休暇で帰省していた子供たちはすぐにソウルに戻る

ことができなかったが、大邱にコロナウイルスが蔓延する頃に
はソウルへ戻って行った。大邱の病院が患者たちであふれか
えっており、具合が悪くても病院にすぐに行けない状況だっ
た。うちの子は肺の具合が良くないので、戦々恐々としていた
私たちは結局、具合が悪くなるにしてもソウルでならばなんと
かなると考えてソウルへ戻らせたのだ。そして、子供はすぐに
2週間の自宅待機に入った。新学期を目の前に控えていても大
邱出身という理由だけで学校に立ち入ることもできず、狭い部
屋で時を過ごさなければならなかった。近所に住んでいた上の
子にも会えず、私が送った食べ物を一人食べながら耐えてい
た。自宅待機が終わった日、ソウルで兄弟が会い、ご飯を食べ
たという知らせに私たちは涙ぐんだ。コロナは人を選ばないの
だ。

　幸い、大邱は予想より早い時期にウイルスを退治するのに成
功したようだ。昨日は陽性患者数が0人だと発表された。これ
まで私は時に怒り、絶望しながら長い春を過ごした。花は咲き、
新芽が芽吹いていたが、まるでテレビの画面を見ているかのよ
うに何の感慨もなかった。私は陽性患者がゼロという数字より
も世界各国に向かう飛行機が早く飛び、どんな国にでも自由に
行き来できる日が来ることを願う。早朝、飛行機に乗るために
大きなスーツケースを引いて空港に向かっていた夫の後姿を見
たい。じっとしていられないたちの私がいつか見知らぬ都市に
辿り着いて、旅行者としての自由を満喫する、そんな日々が早
く来れば、と切に願う。これまで道路にあふれていた車も、多
くの人で騒々しかったカフェの風景にもまた出会いたい。人々
は慎重に行動し始めたが、いつまたこのコロナウイルスが都市
を荒廃させるともしれないのだから、戦々恐々としている。

　ふと『ペスト』の一節が思い浮かんだ。「みずからの現在に焦

燥し、過去に恨みをいだき、しかも未来を奪い去られた、そういうわれわれの姿は、人類の正義あるいは憎しみによって鉄格子のなかに暮させられている人々によく似ていた。結局のところ、この堪えがたい休暇から免れる唯一の方法は、想像によって再び汽車を走らせ、実は頑強に鳴りをひそめている呼鈴の繰り返し鳴る響きで、刻々の時間を満たすことであった」[1]。

　私たちはコロナウイルスのせいで現在に苛立ち、未来に期待することができず、最も近くで一緒に生きていかなければならない人を遠ざけて、自らを幽閉した。そして、スケープゴートを探し、彼らを憎み、復讐の言葉を吐き出した。当初、この都市にウイルスをばら撒いたとされる宗教団体が市民たちの集中砲火を浴び、ストレスと過労で倒れてしまった大邱市長はこれまでの苦労にも関わらず、反対派たちの攻撃を受けた。私たちはみな誰かを殺さなければ生き残れないかのような怒りと狂気におののいた。ここから脱け出すことのできる唯一の方法は大勢の人々を乗せた地下鉄を再び走らせること、空港では飛行機が分単位で離着陸すること、食事に誘う電話が鬱陶しいくらいにかかってくることだけなのだ。それだけが私たちが過去の平和な時間に戻る方法なのだ。

1）アルベール・カミュ『ペスト』（宮崎嶺雄訳、新潮社刊）より。本書内における『ペスト』からの引用箇所はすべて宮崎嶺雄訳を用いた。

コロナウイルスで失われた建築

チェ・サンデ ハントシティ建築代表

　春は確かにやってきた。梅の花が咲いて散り、ツツジ、レンギョウ、桜、木蓮が華やかに咲き誇る季節だ。それなのに地球はすっかり新型コロナウイルスのニュースばかりである。寝ても覚めても感染者、死亡者、回復者の数字に一喜一憂している。そんな世の中のことはあずかり知るところではないとでもいうように春の日差しは頬をくすぐり、黄砂のない春風は襟元でそよいでいる。

　春は、あらゆる物事の始まりである。建築も同様だ。建築は多くの時間と経済的費用を必要とするため、年間計画を立てなければならない。冬の間、建築主と建築家は話し合いを重ねて設計し、認可の手続きをとる。ほとんどの建築家は旧正月が過ぎて地面の氷が溶ける、活動期である春に工事を始める。小規模の住宅であれば梅雨前に完工して入居となるのだが、規模が大きい建物やビルは秋に完工して賃貸や分譲をして入居となる。春に種をまき、秋に実を結ぶという森羅万象の道理に建築も当てはまるのだ。ところが今年は、コロナウイルスがそのスタートとなる春にストップをかけた。

　1月に武漢で発生した新型コロナウイルス拡散のニュースが連日聞こえてきた。けれども、人口が多く商業も多い隣国の現

象程度にしか考えていなかった。そして2月18日、まさに地域の新天地教会で31人目の感染者が発生し、まさか、と言っていた大邱においてコロナとの戦いが本格的に始まった。あらゆることが停止し、日常は崩れた。そのうえ大邱封鎖というとんでもない噂まで広まったが、幸いにも市民たちは対応ルールをきちんと守った。特別な用事がなければ家にいて外出せず、どの都市よりもソーシャルディスタンスをきちんと守った。

　このような現象により人と直接会うことは当然遠ざかっていった。設計の話し合いも現場の工事もすべて延期となり、行政委員会の会議も書面で行われるようになった。まわりにも自宅隔離者が発生し、総合病院に入院していた知人たちが感染の診断を下されたという知らせも聞こえてきた。まさに、どこにでもコロナウイルスが這い回っている気がした。このような状況で人と会って仕事をするということは現実的に不可能だった。けれども設計建築を依頼する建築主が訪ねてくると言えばどうすればいいのだろうか？　断るべきなのか、会うべきなのか？　事務所の経営を考えると会うべきであり、コロナを考えると会うべきではない。多くの葛藤が生じた。事前に訪問について訊ねる電話があるが、誰とは会って誰は避けるべきなのか？　その選択の見極めが必要となった。

コロナウイルス #1

　設計の話し合いが進んでいるSビルの建築主は医師だ。毎週1回、病院の診療を終えた疲れた体で夜8時を過ぎてから関連分野の人たちと協議を行っていた。何度か協議を重ねるうちにコロナ戦争が本格化した。建築主はもちろん、病院や医療関係者は非常時の勤務に突入し、終盤に向かっていた建築協議は何の取り決めもないまま延期になってしまった。

設計の話し合いは再開できるのだろうか？　建築に対するモチベーションは維持できるのだろうか？　終わりのないコロナ戦争によって、ひょっとしたら新築計画は水の泡になるのではないだろうか？

すでに春にまいた種は育たず、今秋の収穫への望みはなくなった。建築主の年間建築計画により事務所の経営に気持ちばかり焦っている。コロナウイルスの仕業だ。

コロナウイルス #2

建築にも流行がある。商業的に収益や利得になる建築用途に偏って設計と工事が進められる。一時はワンルームの集合住宅が主流を占めた。人口が減るにつれて幼稚園や学校が減り、高齢化社会に入った最近では療養病院や高齢者の要素のある建物が多くなる傾向にある。以前は高齢者関連の施設は嫌悪施設〔その施設があると嫌がられ、近くの住宅などの購入がためらわれる施設〕と認識され、ほとんどが郊外のはずれにあったが、次第に都市にも建てられるようになってきた。

地方都市で既存の建物をリフォームする「G療養病院」の設計を終え、行政の認可を進めているときだった。新天地教会の信者の感染がほぼ落ち着いた3月末、コロナ感染者の統計グラフが突然上昇した。この地域の高齢者用の療養病院で集団感染が発生したのだ。高齢患者たちの最後の避難場所であり治療空間である病院で感染が広まったことにより、実際その次はどのように進んでいくのか分からなくなった。

そして協議を進めていた「G療養病院」の行政手続きが突然中断した。大邱における療養病院感染という事態が他の都市における新規の療養病院の設立までためらわれるようになったのだ。自発的で抽象的なソーシャルディスタンスという規制では

なく、行政部署からの直接的で強制的な規制なのだ。

　コロナ騒動が終息したら措置が変わるかもしれないが、設計者よりも建築主の方が被害はかなり大きいだろう。これもまたコロナウイルスの仕業というほかないのだ。

コロナウイルス #3

　数年にわたって計画を進めている「O教会」プロジェクトがある。

　現在の教会がマンション再開発区域に含まれているため意に反して移転しなければならなくなったのだ。事業計画が何度も延期されたが、ようやく今年の春に最終段階を迎えていた。ところがコロナ騒動が金融システムと分譲市場の流れに沿う施行事業に致命的な障害をもたらしている。うまく進んでいたとしても、別の地域に新築移転しなければならない教会は、何年も信徒間のまとまりを失うことが多い。

　さらに致命的なのは、新天地教会における感染により週1回の礼拝が禁止されたことだった。宗教的な本質を失ったのだ。数年にわたって牧師とともに教会の移転予定地を数カ所探し、法的、予算的な面も含めて検討していた。また、移転によって失った時間を取り戻すよう可能性の高い敷地の基本設計を前もって行うことにより、これ以上工事が長引かないよう努めてきた。しかしコロナウイルスという伏兵が現れ、準備段階までも阻止して中断させている。教会の信徒と牧師の喪失感、彷徨の終わりはどこなのだろうか？

　建築スケッチと積み重なった設計図面がゴミ箱行きとならないよう、今日も祈っている。

新型コロナウイルスの時間

チェ・ソンウク サグァナム歯科医院院長

　2020年2月18日は忘れられない日だ。新型コロナウイルスという新種のウイルスが中国を襲い、その後韓国に入ってきたときも、大邱は清浄地域という認識が強かった。ソウルや京畿地方程度に拡散して勢いは衰えるだろうと思っていた。その日以前は、大邱でマスクをつけている人は半分ほどしかいなかった。人々は日常を維持しており、SARSやMERS程度の影響だと予想していた。けれどもその日以来、あらゆることが変わった。人々は恐怖や不安に包まれ、すべての日常が停止した。通勤中に道で人を一人も見かけないこともあった。映画のワンシーンのようで、非現実的な感覚を覚えた。

　新型コロナウイルスは、急速に生活を断絶し萎縮させた。私が経営している歯科医院も診療予約が延期されはじめ、来院する患者数が激減した。患者が減ったため、仕方なく職員たちは無給休暇により勤務日数を減らすしかなかった。経済が麻痺する状態になった。朝、出勤したら体温を測り、一日中マスクを着用したまま仕事をしなければならなくなった。診察をしていないときでもマスクを外すことはできず、食事のときも感染防止のため話をせずに黙々と食事をとらなければならなかった。食べ物の味もしなくなり、食事の楽しみもなくなった。会話はマスクをした状態でしかできないため、次第に口数が減っていった。当院では毎週月曜日の朝に読書会を開いているのだ

が、皆マスクを着用して討論するようになった。新型コロナウイルスが作り出した笑えない風景だ。

　最初に困惑したのはマスク騒動だった。医療機関までもマスクを手に入れるのが困難になったのだ。特に歯科医院はマスクをつけなければ診療できないため日常的にマスクをつけているのだが、マスクがないので一つのマスクを数日間使わなければならないこともあった。一日一日が過ぎるうちに新型コロナウイルスの感染者は幾何級数的に増え、不安も増大した。統制することのできない不安は人々を大きく萎縮させる。初めて直面する状況だった。いや、すべてのことが初めてというのが正しいだろう。人々は互いに距離を置き、家族間の感染を防止するために家でもマスクをつけて会話をしなければならない状態になっていた。

　そしてあらゆる集まりはなくなり、人々は自宅隔離を始め、オンラインを媒介にした非対面文化が急速に広まった。私はアナログに馴染んでいる世代なので、その衝撃は大きかった。人と会うことをためらいながらも同時に渇望するという状況に置かれた。会えないという事実によってより人恋しくなったのだ。ソーシャルディスタンスが日常化して交流の断絶が長くなり、精神的ストレスが大きくなった。

　集まりがすべてなくなると自然と家に早く帰るようになり、家族と過ごす時間が増えた。子供たちは二人とも大学生だが、授業の開講が延期され、一日中家にいるようになった。家にいる時間が増えたからといって家族との関係がよくなることはなかった。インターネットやゲームをする時間が増え、会話は少し増えただけだった。我が家は一戸建てで庭もあるため一緒に花を買って庭に植え、ブルーベリーの木も植えた。会話だけに

集中するよりは家族一緒にできることを探してみようと思ったのだ。

　ひと月あまりの間に道には人がいなくなり、人々は心細くなり、不安や恐怖が長い影となって大邱を曇らせた。ところが、そうこうするうちに新しい機運が芽生え始めた。深い暗闇の中では小さな明かりがより明るく見えるものだ。人々は不安を振り払い、一人、二人と自分のできることを探して動き始めたため、雰囲気が一変した。全国から大邱を助けようと集まった医師や看護師、サポートに来た公務員が大きな力になった。人知れずマスクを寄贈する人たちも現れた。ウイルスと死闘を繰り広げる医療関係者たちに心のこもった弁当や品物も贈られた。互いを励まし、応援し始めたのだ。

　私も少しでも助けになればと思い、当院の1階で、新型コロナウイルスの予防として消毒のためのうがい液を無料で配布した。普段はインプラントや歯茎の手術を行った患者に手術後の口腔内の細菌やウイルスを減らすために渡しているのだが、一般の人が使用できるように備えておいた。1カ月の間、毎日100個ずつ配布したところ、およそ2,500個のうがい液が人々の手に渡った。新型コロナウイルスは、ソーシャルディスタンス、手洗い、鼻と口を清潔にする、ということに気をつければ確実に減らせる。外出から帰ってからうがい液で口をきれいに消毒すれば効果があるだろう。たとえ大きな効果はなかったとしても、ともに新型コロナウイルスに打ち勝とうという気持ちは伝わるのではないかと思う。

　我が国の優秀な医療関係者たちは、最先端の装備を総動員して感染者を迅速に診断した。また、どの国よりもきちんと治療して管理した。その結果、死亡率が他の国よりかなり低かった

のだ。献身的に取り組んだ医療関係者と公務員の姿は他の国の鑑となった。互いを非難するより問題を解決することに集中する姿は美しい。そしてその姿は他の国の人々にも深い感動を与えた。私たちが行ったことが、いまや世界の模範と基準になっている。韓国が誇らしくなる瞬間だった。

　不安は克服できるという信念に変われば勢いは逆転する。危機に直面した社会は混乱して後退もするが、克服の過程を通じて一歩前へ進むこともできる。私たちは前へ進む道を選んだ。いまや世界が韓国と大邱に注目している。外国でも報道されたように、大邱市民は厳しい状況におかれても買い占めはほとんどなく、暴動もまったく発生することはなかった。マスクを買うための長い列は仕方がなかったが、制御不能な問題に発展することはなかった。人々は互いを思いやり励まし、自らを誇りに思うようになった。大邱と韓国は昔から苦難に負けず、ともに打ち勝ってきた歴史があるため、そのような力が私たちの中にあると信じていた。そして互いを認めて思いやるエネルギーは、危機が起こるたびに必ず発揮されている。

　新型コロナウイルスは、韓国社会に多くの新たなテーマを投げかけた。SF映画に登場していたウイルスの襲撃が現実となり、その恐怖を身をもって体験した。これまでは社会の急速な成長と経済的豊かさだけが関心の対象だったが、いまや健康と安全、平和な日常がより大切だという事実に気づくようになった。家族や隣人とともに過ごす時間がウイルスによって遮断され、突然の死を迎えた人もいたのだ。

　私たちは、自然が人間に与える警告を真摯に受け止めなければならない。自然は人間に、傲慢になるなと戒めている。現代の科学でも、どうしようもないことが起こりうるという事実に気づくべきであり、自然とともに生きる方法を真摯に模索しな

ければならない。美しい地球と大韓民国と大邱に、二度とこの
ようなことが起こらないことを心から願っている。

新型コロナウイルスの長いトンネルから一日も早く抜け出せますように

チェ・ジヘ テペクマート南山（ナムサン）店代表

　今日もいつも通り、早朝の明るくなる頃に店を開けた。ひと気のないバス停に3、4台のバスが続けて停車した。一人の客も乗せられず、空っぽのまま走っていくバスをじっと見ている私も、1時間客を迎えられないでいた。

　スーパーマーケットを運営して10年になるが、こんなことは初めてだった。あらゆる伝染病や事件があったが、都心がこんなに空っぽになったことはなかった。文字通り、映画のワンシーンのようだ。

　中国からコロナという聞いたことのない名前の伝染病が流行しているというニュースを初めて聞いたときも、ただ他人事だった。中国という国は、なにしろ人が多く、いつも変わったことがたくさん起こるといった単純な考えしか浮かばなかった。そんなふうに軽く考えていた伝染病によって私自身の2020年の始まりが大変なことになるなんて、夢にも思っていなかった。

　数日後、韓国でも中国から帰ってきた人たちのなかにコロナの感染者が出たというニュースが流れ始めた。それでも、そのときでも自分のこととして考えていなかった。毎日、朝起きたら家を出て日が暮れると家に帰るという私に、中国は私とは関係のない国だった。店を開いているので旅行は行けず、家族も最近出張したり旅行に行ったりしていないからだ。しかし、そ

れがすぐ私の目の前に現れ、身動きをとれなくさせた。

　2月18日だったと記憶している。大邱に新型コロナウイルスの31人目の感染者が出た。その感染者の感染経路がすっかりテレビで話題になっていた。すると、私の店にも変化が起こった。普段は1、2枚しか売れていないPM2.5遮断用マスクが売り切れたのだ。業者に注文しても在庫がないという言葉だけが繰り返され、翌日からは、さらに多くの人がマスクを買い求めた。一晩のうちに状況が一変したのだ。お客様に対しては、入荷できずお渡しするものがない、と申し訳ない気持ちで帰っていただいた。また、常連客であることを主張して、倉庫にあれば自分だけ特別に売ってほしいと頼む人もいた。けれども、どうすればいいのだろうか。私も自分の家族が使うマスクを手に入れられなかったのだから。

　立て続けに感染者が数百人ずつ増えてくると、ラーメンやミネラルウォーターが数日間飛ぶように売れた。買い物客はそれぞれ両手に品物を持って重そうに帰っていった。一部の報道では、大邱では買い占めによって生活必需品が不足していると伝えられたが、ラーメンやミネラルウォーターといった基本的に必要なものは、注文さえすればいくらでも供給できた。そのニュースを見ながら、夫は冗談を言う。「"買い占めを歓迎します。当店では、いくらでも供給します！"と書いて店のドアに貼ろう」と言った。私は笑いながら、「バカバカしいことを言わないで」と言ったが、その気持は分かっていた。夫は金儲けをしようと冗談を言っているのではなく、誇張した報道に対して不満を表していたのだということを。

　それでも、内心は心配だった。不景気で商売がうまくいかないときとはまた異なった心配だった。まさか、このまま大変なことになるのではないだろうか、という今まで経験したことの

ない不安だった。

　そんなふうに人々が多くの食材を買っていくのは一週間もなかった。感染経路を把握できない感染者が数百人発生すると、不安を感じた人々は家の外に出なくなった。特に、当店のように多くの人が出入りする場所は、一番に避ける場所だった。若い人たちはインターネットで購入し、お年寄りだけが必要な食材を買って帰るのみであり、買い物客はほとんどいなくなった。

　店の前にある大邸の中心といえる大通りの達句伐大路<ruby>達句伐大路<rt>タルグボルデロ</rt></ruby>も、がらんとしていた。車も人もほとんど見られなくなった。そのうえ、近所の無料給食所まで閉まっているため、食事をしにきていた路上生活者も見かけなくなった。まさに都心は閑散としていた。店の前にあるバス停では常に防疫対策が行われていたが、バスを待つ人は見られなかった。

　夫は常に店内を消毒していた。もしも無症状の感染者が来店したら店を閉めなければならなくなるという不安で毎日が薄氷を踏む思いだったのだろう。

　ある宗教団体の集団感染によって一瞬のうちに大邸で感染者が数千人に増えると、店の周囲では不確定な噂があふれた。必要な物を買いに来る人は、ひと気のない早朝や夜遅くにマスクとビニール手袋を着用して現れた。レジの前に人がいると、少し離れて立って待ち、急いでレジを済ませて店を出た。私と同様に、皆が見えないものに不安を感じていたのだ。私はとうとう店のドアに案内文を貼った。

　「ご自身と他の方の健康のため、マスクを着用していないお客様の来店をお断りします」

　ソーシャル・ディスタンシングが本格化してからは、店の売上は売上と言えるような金額ではない。店の場所柄、固定客よ

り流動客の割合が高いせいもあるだろう。それでも賃貸料や各種の税金、人件費は間違いなく支出する。目の前が真っ暗になる。私の店だけでなく、すべての中小企業の自営業者が同じ状況なのだと理解しているが、容易なことではない。国からの支援策はさまざまあるが、実感には程遠い。

そしてついに今日、大邱で新型コロナウイルスの感染者が一人も出ていないという発表があった。本当にうれしい。たった一日でも「感染者が一人も出なかった」というこの言葉が、こんなにうれしいことはない。暗いトンネルの先が見えるようだ。まさに、あと少し耐えればこのトンネルから抜け出せるのではないかと期待している。商売が困難であることも問題だが、それよりも、人々の活気あふれる姿を見たい。気のせいか、今日から道に人が多くなり、足取りも軽くなっているように見える。

一日も早くこの地球上から新型コロナウイルスがなくなるよう、そして皆が以前の状態に戻れるよう願っている。平凡だった日常が、本当に涙が出るほど恋しい毎日だ。

新型コロナウイルスが運んできた 痛い春、希望の春

ハン・ヒャンヒ　PING/FANTOM GOLF　八公山店代表 ^{パルゴンサン}

> わたしたちが互いに／愛し合うなら／いつでも春／
> 冬も春／夏も春／秋も春／／どこにでも／春がある
> ──シスター　イ・ヘインの「春のソナタ」より

　シスターの詩は美しいけれど、私にとって今年の春は新型コロナウイルスのために痛みである。例年ならポップコーンのようにつまんで食べたい桜を見ても幸せではなかった。黄色いひよこが春のお散歩に出かけるように、かわいらしいレンギョウの花を見ても嬉しくなかった。妖艶な姿態が優雅で美しく、そっとキスしたかった木蓮の花を見ても感動が湧かなかった。偉大な自然が私たちにくれた幸せな贈り物を十分に楽しむこともできなかったのに、春はすばやく過ぎ去る。

　私は23年という長い間、編集デザイナーとして働いてきた。ところが2017年10月12日、デザインの仕事を辞めて、経験もなく、先立つものもないのに、ただ自分だけを信じてゴルフウエアや用具の店を開始、それこそ新しいことに対する怖いもの知らずの挑戦を始めた。突然健康を崩した後輩が他人に譲るのはもったいないからといって、長い間経営してきた店を引き継いでほしいという話を持ちかけてきたのだ。悩んだ挙句、引き受けた。実際始めてみると、後輩の健康がすぐれなかったこと

もあるだろうが、全国の200店舗のうちほぼ最下位レベルの実績だったが、急がずにゆっくりと一段一段上っていく喜びを楽しんでみようというポジティブ・マインドと情熱を頼りに、一日一日楽しく店を経営した。

　まず、他のアパレル店との差別化をはかるために、感性にアピールするメールやマーケティング手法で顧客一人ひとりに送った。

　こうして誠心誠意経営した結果、短期間で売上が上昇し、リピーターがロイヤルカスタマーに変化する喜びも味わうことができた。毎日、へりくだるよう心がけ、店の感性を生かした広報物を自ら製作し、イベントの案内メールを送るときも美しい詩一編と温かい希望を込めたメッセージを送り、顧客と心を通わせていった。また、顧客一人ひとりの名前を覚えて呼ぶことで、深く感動してもらえた。

　店の入り口に常に温かいお茶を用意して誰でも無料で飲めるようにし、化粧室も自由に使用できるようにした。こうした小さなことの積み重ねによって店は自然と出会いの場になり、店への特別なイメージと信頼が築かれて経営は少しずつ安定し、売り上げも伸びていくかのように見えた。

　だが、去年から景気が落ち込んで、顧客の財布のひもは固くなった。そんななか、泣きっ面に蜂とはこのことで、今年の春は思いもよらない伏兵が潜んでいた。中国の武漢から始まった新型コロナウイルス！　私の暮らしを一変させる、想像すらできなかった怖い伏兵だ。

　全国で急速に感染が拡大し、国中が騒然となった2020年2月18日、私の住んでいる大邱で31人目の感染が確認されたというニュースが飛び込んだ。この感染者の行動歴が明らかになるや人々は恐怖におののき、これをきっかけに私の店は奈落に落

ち始めた。人々はマスクを買い占め、どのスーパーも非常食が底をついたという記事を読み、気持ちはますます不安になった。体験したことはなかったが、戦争が起きたらこういう状況なのだろうと思った。

日に何度も携帯電話に届く災害メール！

社会的距離の確保、外部活動の制限、外出自粛などを要請するメールは、多くの人の心身を委縮させた。おまけに店を営む私にとって営業できないことはコロナと同じくらい怖しく、新たな恐怖として近づいてきた。営業しても客が来ないだけでなく、ひょっとしたら感染者が来るかもしれないという恐怖に、一日一日がまさにいばらの道だった。店舗の賃貸料や人件費を考えると、胸が焦げ付いて真っ黒い灰になるという言葉を実感した。

この日を境に近隣の店は一つまた一つと店を閉め始めた。不安だったが、顧客がせっかく足を運んでくれたことが無駄足にならないよう営業を続けたが、それも諦めて店を閉めた。しかし、店に行かずに家だけで過ごしていると、不安な思いはますます募った。宙に浮いているかのように、何も手につかなかった。

こうして店はコロナで大打撃を受けた。人が生きるためには欠かせない食事を出す食堂ですら店を閉めるのだから、レジャー用品を売るうちの店は言うまでもなかった。

そうしてひと月ほど過ぎた。本当に長くつらい時間だった。感染数が少しずつ減少していることを受け、徹底的に店内を自主消毒した後、店を再開した。予想はしていたが、終日居ても客は一人も来なかった。こんな状況で誰がゴルフウエアを買いに来るのか、そう自分を慰めたがもはや気持ちのやり場がなかった。こんな現実でも高い賃貸料とスタッフの人件費、ロー

ンの利息、各種税金の支払いは待ったなしで、借金は軒並み膨らんだ。

　最初に店を始めるときに多額の融資を受けたため、ひと月一千万ウォンほどの赤字を抱えねばならない現実も恐ろしかったが、さらに怖いのはまったく回復の兆しが見えない近隣の商業施設だった。最後まで一緒にがんばろうと決めたスタッフまで困窮させるわけにはいかず、5月末までに店を整理してたたむことに決めた。

　私は"自分の考えと言葉と行動を信じられない人にはこの世のどんな奇跡も訪れない"という言葉を信じており、好きだ。店を整理しながら、これからどんなことができるか悩みながら、私の好きなこと、私が得意なことを見つけようと決心した。それを見つけるのに長い時間はかからなかった。そうだ、出版だ。私が長い間やってきたことであり、私の好きなこと、やりたいことをもう一度やろうと決心すると、ピンチをチャンスにできるという希望が湧いてきた。そう決めると、コロナは痛いだけの春ではなく希望の春も運んできたと考えることができた。

　そこで区庁へ行って「図書出版　赤毛のアン」を登記し、ゴルフショップを整理しながら一人出版社立ち上げの準備をした。"私は希望というご飯を食べて、必ず訪れる機会というおかずを元気に待ち、毎日キラキラした夢を見ながら幸福のお膳をいただこう"このように考えると、これまでの苦労がすべて報われる感じだ。今はまだ新型コロナウイルスで大変なときだ。だが、普段どおり良い考え、良い文章、良い言葉が良い人を作るという信念のように、良い本をたくさん作りたいという希望があり、新たな力が湧いてくる。多くの人が胸の中に閉まってい

た幼い頃の大切な思い出、何気ない日常の中で感じる大きな喜びと悲しみを様々な本を通じて一緒に分かち合うことを考えると、すでにときめきを感じる。

　もう一度、初心に戻って一つ一つ学びながら、一歩ずつ自分を奮い立たせよう。そうして花の香りがする本を作って、今日の痛みを喜びに変えよう。私の愛する赤毛のアンのようにポジティブなエネルギー、明るい機運を伝える幸せの伝道師の役割を果たす出版社を創ろう。そうして毎朝、目覚めたら花たちにおはようを言い、踏み出す一歩一歩が花道になり、毎日毎日、花の日になるように新たに出発しよう。

　この間、心も体も疲れ切った私に、店を整理していると知った顧客から送られてくるエールや激励の電話はことさらありがたい春だ。最後に一目会いたいと取るものも取り敢えずにマスク姿で店を訪ねてくれた人もいて、このような人々の姿から改めて悟る。世の中の人はみんな私にとって人生の師であることを。彼らのありがたい気持ちが、事業を整理しながらも新しい仕事を夢見る活力になる。

　今も私は幸せに最後の整理をしている。終わるまでお終いではないからだ。かぐわしい香りを放つアカシアの花が見事に咲く５月の最後の日。その日まで今と変わらぬ姿で顧客を迎え、与えられた現実に最善を尽くして有終の美を飾ろう。

　私は一番私らしく生きる私を信じる。誰がなんと言おうと私はできるという勇気がある。

　"私は赤毛のアンだから！"

コロナで止まった大邱、
それでも希望はある

ホン・ミンジョン カーサドフローラ代表

　中国で新型コロナウイルスが初めて発生した時、まだ私は遥か遠くの国のことだと考えていた。ところが国内にも感染者が1月後半に確認されてから卒業式は縮小され始めた。保護者の立ち入りを禁止する学校が増え、保護者から予約のあった花束もキャンセルが相次いだ。

　予約のキャンセルは言うまでもなく、卒業式当日も人気の高かった花束はわずかの予約分以外はまったく売れず、予想していた卒業式シーズンとは状況がガラリと変わった。

　花屋を経営する立場からすると、2月の卒業式の縮小とキャンセルは晴天の霹靂のような話だった。通常の卒業シーズンであれば5万ウォンの花束を注文するお客様が3万ウォンの花束を注文し、子供と親しい友達用に一輪花を併せて購入していたお客様もどのみち卒業式には出席できないため、友達用の花どころではなかった。

　せっかくだから家で卒業を祝おうと花束を購入されるお客様がいなかったならどうなっていただろうか、考えるだけで気が遠くなる。

　売り上げが前年度の半分になった頃、近くの韓方病院で大邱の感染（31人目）が確認され、殆どの店が臨時休業をした。花屋は生花を扱うので、残っている花のために毎日少しでも店を開けたが、5時を過ぎるとゴーストタウンのように闇が包んだ。

歩いている人もおらず、まだ木枯らしの吹きすさぶその時の時間は、本当に人っ子一人いない真っ暗なトンネルのような時期だった。

　感染拡大の勢いはすさまじく、3週間は売り上げが全くなかった。こんな状況でも家賃の支払いは待ったなしでやむをえず家賃を払った後、政府が家賃を減免するオーナーに対してその分税金を免除するという話を聞いた。商店街の人たちと話し合ってオーナーのおじいさんに掛け合ったところ、ようやく3カ月分の家賃を2割引いてくれることになった。

　それこそ貸主の立場からしたら相当の配慮だったと思う。だが、予想を下回る売り上げとスタッフの給与、その他の税金にと今も心配は尽きない。市や政府が相次いで支援策を打ち出しているが、店を経営する立場からすれば火急の支出を解決するには政策の施行が遅すぎて、即効性がないのでもどかしい。

　花の咲く春が近づいて暖かくなりかける頃なのに、花は咲けどもまだ冬のようだ。政府の政策も、小規模事業者向けの対策は今のところ貸付金利の引き下げくらいなのであまり役に立ちそうにない。実質的な支援につながるよう最低でも水道料金、電気料金の減免や、生計を維持していくための対策が急務だと思われる。

　足元の生計が脅かされているのに、政策支援は2、3カ月先になるというのだから残念であり現実は厳しい。それでも幸いだと思えるのは、ようやく人々が少しずつ動き出したことだ。大邱で感染が確認されてからひと月経過した今、新たな感染者の数も減っており、ようやく新型コロナウイルスが収束しつつあるのではないかという希望が持てる。

　家にばかりいて息がつまるからと景気づけに香りのいいフリージアの花束をプレゼントするお客様を見ても、凍りついた

社会の動きが少しずつ回復しているのがわかる。家の中を明るくしたいからと包装せずに買っていく人も少しずつ増えている状況だ。ひと月以上家にこもっているので私も息苦しい。

しかし、まだ社会的距離を確保する期間なので消極的な動きであり、私も空気感染が心配なので、まだ外に出かけるのは最小限にとどめようと努めている。

アクティブなスポーツが好きだが、コロナのせいで密閉した空間で運動するサイクルフィットネスを2カ月近くできずにいる。社会的距離を確保する期間が終わる頃も、まだ新型コロナウイルスが消滅したのではない以上、当分は好きなスポーツはできないだろう。早く新型コロナウイルスが収束して日常生活を取りもどせることを望む。

出退勤時間に利用する地下鉄の入り口に書かれている言葉をいつも繰り返してみる。

> 希望は見えないものを見て、
> 触れることのできないものを感じ、
> 不可能なことを成し遂げる。
>
> —— ヘレン・ケラー

光のないトンネルで入り口を探すことができるという希望の見える今、もうひと頑張りしてこのつらい時期に打ち勝ち、もっと強くなれたらいいと思う。

第2部
大邱で希望を抱く

柳の木

クォン・スッキ 人性礼節指導者、詩人

　今年の1月25日は旧正月だった。久しぶりに集まった家族の話題は中国で発生した新種の伝染病で持ちきりだった。2日前に武漢市を含む河北省が閉鎖されたためである。恐々たる噂とともにインターネット上で拡散される感染者への接し方を見て驚愕した。韓国にも感染が確認され、旧正月以降、人々は活動を自粛し始めた。

　2月18日、非倫理的感染者の代名詞となった31人目の感染が確認されてから大邱の雰囲気は急速に悪化した。私は2月19日にカルチャーセンターで『飲食知味方』〔17世紀に初めてハングルで書かれた料理書〕の講座が予定されていたがあまり気乗りしなかった。ほとんどの受講生が出席するということだったので休むわけにもいかず、全員がマスク着用で講座を行うつもりだったが、ある人が私の使い捨てマスクを見て基準を満たしていないと言った。すぐに近くの店に行ったがマスクの棚はからっぽだった。私たちの講座がそのカルチャーセンターの最後の授業になった。うちの近所に新天地教会があり、そこはウイルスの温床だった。「武漢肺炎」と呼ばれた性質の悪い病は、新型コロナウイルスという新たな名前を付けて目の前で闊歩し始めた。

　その日の午後から自主隔離に入った。'大邱封鎖'という言葉が使われ始めた。武漢で起きていることに関してすでに多くを

見聞きしていた分、余計に怖かった。このままずっと外出でき
ないかもしれないという考えがよぎり、なにかを準備しようと
思った。家族3人がこの状況でなにを準備したらいいのかぼう
然とした。さほど遠くない所で一人暮らしをしている娘も心配
だったが、自分でなんとかするだろうと信じた。長期間の巣ご
もりに備えてまず生活必需品が必要だったが、スーパーに人が
押し寄せて混雑するのも心配だった。買い物リストを細かく
作った。米、小麦粉、塩、醤油、食用油、干物、洗剤、トイレッ
トペーパー、肉などは、1度に大量には買わないが必需品だ。
スーパーは少し混んでいたが、幸い買い占めはなかった。田舎
の姉が様々な食料を宅配便で送ってくれた。

　ニュースは日ごとに増加する検査数、感染者、死者の数を発
表した。大邱は不名誉なことに武漢に次いで世界的に有名に
なっていた。出勤する夫を送り出すのも非常に気を遣った。1
日、2日、1週間、2週間、巣ごもり中はニュースを見たりネッ
ト検索しながら過ごした。時間ができたらやろうと思っていた
ことも、いざとなると何も手につかなかった。精神安定剤がな
いと眠ることもできず、ひっきりなしに聞こえてくる救急車の
サイレンで心が不安定になった。熱っぽく感じたり、胸の苦し
さを覚えたりして、自分が新型コロナウイルスに感染したよう
な錯覚にしばしば陥った。万が一突然の入院に備えて入院セッ
トをまとめたり、もしものことを考えて遺言も考えてみた。

　初めは感染を広めたりマスクを買い占めたりフェイクニュー
スを流す人で世の中が溢れているように見えた。しばらく混乱
が続くといい人たちのことが見えてくるようになった。人手不
足の病院には全国から医療従事者がやってきた。ボランティア
もどんどん増えた。現金や品物を寄付する企業や個人が増え
た。マスクを買うための列が長くなると、必ず必要でない人は、

必要な人のために買うのを控えた。命がけで働く医療従事者に
エールが送られ、社会的弱者への支援も始まった。

　ひと月ほど巣ごもりしながら、ありあまる時間を持て余し
た。クローゼットや引き出しを整理して、冷蔵庫にある材料で
手の込んだ料理を作った。毎日出かけていた人が巣ごもりし、
屋上を行ったり来たりするだけの生活には限界があった。山に
は今年も確実に花が開き、新川（シンチョン）は見事なレンギョウが咲きほ
ころんでいる。長い間しまってあった自転車を修理に出した。人
けの少ない時間帯を選んでサイクリングしたり、歩いて散歩し
たりした。自転車で遠出してみたところで自宅から3キロ前後
の距離だった。時間はたっぷりあったので、新川のほとりまで
行ってみることにした。レンギョウと桜がまっさかりで、しだ
れ柳が揺れる新川は美しかった。新川のほとりはさほど遠くな
く、その先で琴湖江（クムホガン）と合流していた。
　春を迎えた琴湖江沿いには黄緑色の葉っぱを輝かせている柳
並木があった。どこから流れて着き、いつからそこにいるのか
わからない黄色い菜の花もいたるところに咲いている。
　桃の花と桜の花の影が江の水に飛び込んだ春の風景は、まさ
に神仙が愛でるに申し分ない場所だった。「風が吹けば葦畑で
琴の音色が聞こえ、湖水のように水が澄んで静か」だから「琴湖
江」と名付けられたという言い伝えが実感できた。車で橋の上
を通るときには見ることのできなかった風景だ。随分前から琴
湖江沿いに多くの東屋があり、舟遊びで風流を楽しんだという
記録を見たことを思い出した。川沿いを上ったり下ったりしな
がらもっとも目にとまったのは柳だった。水辺にたたずむ柳並
木は幹に帯を巻いている。去年の夏の大雨で流れ着いた干し草
や落ち葉だ。ある柳は帯が大きすぎてかろうじて梢だけが見え

るのだが、それでも春を感知した枝からは忘れずに黄緑の新芽が吹き出している。

　私たちは今、史上最悪の受難に耐えている。そして不幸にも世界中に拡大している。近所の誰かが亡くなり、あるいは家族を失った。それが私と私の家族に起きないという保証もない。職場を失い収入が閉ざされて困難に陥るだけでなく、毎日目まぐるしく変わる世の中は、明日をも予測できない。私たちは戦争と飢饉を知らない祝福された世代だったけれど、新型コロナウイルスがもたらす別の形の困難に遭遇した。時間がどれほどかかるのか、爪痕がどれほど深いのかわからないが、この試練の時期も必ず過ぎ去るであろう。
　幸いなことにこの文章を書いている今日４月10日、大邱の感染者数はゼロだ。新型コロナウイルスも琴湖江の柳の木にかかった干し草や落ち葉のような存在になるだろう。大邱市民は幹と枝に干し草や落ち葉の帯を巻いても、新芽が吹き出す柳のように力強く立ち上がるだろう。

待って、
待つ

クォン・ヨンヒ 療養型病院の入院患者家族、童話作家

　ぞくぞくと体が震えた記憶を刻んだまま、私たちは止まった。

　始まりは鼻の先が凍り付くような冬の終わりを過ごす頃からだった。その時はまだ春の兆しや春の日を期待しながら、同じような毎日を、ありふれた人生をやり過ごしていた。

　どれだけありがたいのかも知らずに。

　今、窓の外には桜がひとり咲きほこっている。誰も見ていない所でも花は自分の本分を尽くしていた。その見事な春の花々は、新たな季節のために席を譲ろうとしている。こうして私たちは冬から春、春から夏に季節を繰っていく。あれほどの恐怖と不安で幕を開けた新しい季節には次の季節が近づいているというのに、ウィルスは過ぎ行く気配が見えない。道に咲く桜の香りがかげるかもしれないと、窓の片側を少しだけ開けておいた。くんくんと花の香りをかいでみる。

　マンションの前の療養型病院からまたしても感染者が運び出されていった。うちのベランダからよく見えるところに、連日ニュースに上っている療養型病院と精神科病院がある。全国を意気揚々と駆け巡っていた観光バスは、今は感染者を搬送するために並んでいた。ベランダからぼうっとして眺めていた。

　お母さん！　お母さん！

　そう、私の母！　母もその療養型病院で301号室の壁側の

ベッドに横たわっていた。冷たい冬が去り明るい春が過ぎ、暑い夏が近づいても母は1,000日を超える時間をそんなふうに横たわっていた。6人の子がいる85歳の母、まだ少女のような母がそこにいる。

　私たち6人兄妹は一週間に一度ずつ交代で母の世話をした。それぞれが母のことを思いながらあれやこれやと用意して、母に会いに行く。そして帰宅する途中、母のいない家で暮らすひとりぼっちの父に会う。療養型病院にいる母のことも、一人で暮らす父のことも、どれ一つ気を抜くことはできなかった。それが6人兄妹の日常だった。誰も一度たりとも約束を破らず守ってきた兄妹の心の約束だった。だが、この春。守ってきたそのすべての日常はすべて崩れた。

　2月の第1週、新しい月の始まり、母の当番の日でもあった。いつものように母の好物のいちごをきれいに洗って器に並べた。赤いリップもしっかりと塗った。

「ねえ、少しお化粧でもしたら。若いのになんて格好しているの、まったく」

　元来きれいなものが好きだった母は、化粧をしない私を残念がった。そんな母のために私はなるべく華やかな装いで出かけた。

「院内に入ることはできません」

　入口で職員が立ちはだかった。今までこんなことはなかった。どうしていいかわからなかった。

「すべてお年寄りのためです」

　なすすべもなく引き返した。駐車場に立って母のいる301号と思われる窓をしばらく見つめていたが、泣きながら帰ってきた。

その時はこんなに長引くことになるとは夢にも思わなかった。すぐに収束すると思いきや、いつの間にか２カ月が過ぎた。思いもよらず日常が崩れ、母に会えず、父に会えなくなってからどれくらい経つのだろうか。心ない日々だけがこうして流れていく。

　もしかしたら母はずっと戸口の方を見ているかもしれない。

「子供たちはなんで誰も来ないのかしら？　本当におかしいわね！」

　病院に電話をかけると、ケアワーカーさんが母の話をしてくれる。誰が一番上で、また誰が末っ子なのか、母はぼんやりしながらも、際限なく私たちを待っているというのだ。

　長い病院生活であらゆることが無気力になった母は、耳も遠くなり、記憶もまばらになった。流行のビデオ通話も、いや電話すらできなくなった。電話が来ても出ることもできない母。そんな母は、顔を見せない冷たい子供たちと、たった一人で孤独に耐えている父の心配をずっとしているという。

「きっと何かあったに違いないわ。そうでなければ……」

　世の中で一体何が起きているかを知ったら、もっと心配する違いない……。

　病室のベッドでじっと横たわっていても、相変わらず心配性の母、私たちの母！

　母を一週間ずつ交代で世話する６人兄妹と会って楽しく笑いながら、私たちは母といつも一緒に過ごしてきた。だが、今は何もできない。ただ元気でいてくれることを望むだけで、できることは何もない。生きていてこれほど長い断絶に直面するとは思いもよらなかった。現代版離散家族だ。

　待ちくたびれた母が恋しい。この慣れることのない離散の痛みをどうして母に言えよう。

『スンテ』。花の雪降る春の日に出版された私の童話のタイトルだ。

　こんな時期に童話を出すなんて、まったくあなたは……そう考える方もおられるかもしれない。

　だが、童話『スンテ』を一日でも早く出したかった。ますます遠のく母の記憶をつかんでいたかった。もしかしたら母のまだ残っているかもしれない幼い頃を取り戻してあげたいのかもしれない。

　『スンテ』

　習作として書いた原稿を持って母に見せた時のことだった。母はゆっくりと口を開けてタイトルを読んだ。

　「スゥゥゥンテェェェ！」

　一文字一文字ゆっくり読み上げた。そして私の方を向いて言った。

　「ねえねえ、これはあなたの子？」

　「お母さん、そうよ。お母さんジョン・スンテのお話」

　母の春の日がどれだけ可能なのかわからない。この流れゆく春の日がもしかしたら最後の春の日になるかもしれない。301号室の戸を開けて中に入り、母を呼んでみたい。

　「お母さん。お母さん！」

　いつか終わりの来るその日を待ちわびながら、再び『スンテ』を声に出して読んでみる。

　お母さんに会いたい。

　もうすぐ会える、そうよ。

　窓の外で春が過ぎ去る。ふたたび戻ってくる平凡だった日常を懐かしみながら、過ぎ去る春をつかんでみる。

　うんざりするほど長引くしつこいコロナを振り払いながら。

　開店休業状態の母の当番がまた回ってくることを待ちながら。

最後に、母に私の童話『スンテ』を両手で手渡しするその日、その瞬間を考えながら。
　待って、また待つ。

コロナが与えてくれた新たな経験、 オンライン読書会

キム・ナミ 読書サークル「本を読む人々」会員

　不安な春だったが木蓮やレンギョウの花も咲き、そしてだんだんと散り始めている。中学校入学という期待に胸を膨らませていた甥は4月になっても中学校の門をくぐることもできず〔本来入学式は3月に行われる〕、息子の大学と寄宿舎の費用で大金を失いながらも上機嫌だった友人は、離れて暮らす息子の帰りを待つという楽しみをいまだに味わえずにいる。新入生に寄り添い、新学期の校庭にあふれる夢と活気を見守ってきた花々が、今年は和気あいあいとした喧騒もない中で、ひっそりと咲いては散っている。

　3月初旬に予定されていた兵役中の息子の休暇が取り消されたのは残念だったが、コロナウイルス騒動の中にあっても、日常は普段とそれほど変わらなかった。新学期を待つ子供もなく、歩いて2、3分のところにある私と夫の職場も、やや閑散としていること以外に変化はなかった。やっと自覚したのだが、私の日常は隔離患者のように単調なものだった。家庭生活と仕事による日々の疲れを癒すために本を読み、散歩に出かける毎日の繰り返しだった。

　だがこんな私さえ、コロナは避けて通ってくれなかった。昨年は身内のことで大変な出来事が多く、それゆえ今年は平穏な一年になるだろうという予測のもと、もう少し読書に集中しようと心に決めた矢先のことだった。2月に開催予定の古典を

テーマとした読書会でメルヴィルの『白鯨』が課題図書となり、書籍の厚さを鑑みて2月と3月に半分ずつ、2度の読書会を開くことにしたのだが、ここにコロナウイルスが介入してきたのだ。

市立図書館から本を借りたのは2月2日、手にしてみると900ページという厚さの本だった。半分でも450ページ。没頭できる読者にとっては問題ないだろうが、私は半月で読める気がしなかった。だがこんな宿題でもなければ手に取ることもなかったはずである。1日に30ページずつ読み進めればよいのだ。読めない日もあるだろうと思い、毎日35ページずつ読むことにした。

こんな物語を書き上げる人物がいるのだから読むことぐらい可能だろうと自分を奮い立たせ、まるで捕鯨船の船員たちが巨大な鯨モービィ・ディックと闘うかのように、半月間、毎晩本と闘った。二度あった週末は昼間も時間を割き、なんとか450ページを読み切った。

2月17日、その時点ではまだ非感染地域だった大邱では、読書会も予定通り開催された。今年は『白鯨』を読了するだけでも意義があるだろうと、意気揚々として参加した。帰宅後、読み過ごすには惜しい文章を記録に残し、19日に本を返却した。貸出期限の関係もあり、3月はじめにもう一度借りるつもりだった。18日のニュースで大邱の感染者発生が知らされたが、その後の影響は想像さえできなかった。

20日、図書館からメールが届いた。3月4日まで休館するという告知だ。3月5日に借りて11日まで必死に読めばよいだろうと、さほど慌てもしなかった。今まで積み上げてあった詩集や文芸誌を読まなければ。だがニュースの記事やテレビにばかり目が向かい、読書ははかどらないまま時が過ぎていった。そ

の間、知らせのないのがよい知らせと連絡もせず多忙な相手を互いに気遣っていたかつての同僚や、成人して家庭を築いた甥たちから安否確認のメールや電話が舞い込んだ。

　そして３月３日、図書館から再びメールが届いた。無期限休館の知らせだった。ある宗教団体から始まった火種が際限なく燃え広がり、３月の読書会はすでに開催不可能な状況だったが、読書会とは関係なく計画通りに本を読もうとしていた決心が、そのメールで崩れてしまった。医療現場で死闘を繰り広げている患者や医療関係者のことを考えれば取るに足らないことではあるが、贅沢なことだと思いながらも、張り詰めていた糸が切れたような脱力感に襲われた。

　ささやかな気分転換に、歩いて一時間ほどのところを歩き回った。これといった用事もなかったが、交通機関の利用は控え、西門市場や街の中心地の半月堂へ行ったり、20年前に住んでいた町まで歩き、そのまま帰ってきたりもした。そして３月の読書会、16日を迎えた。会員たちはウイルスに屈することなく、初のオンライン読書会を開いた。私たちは船員を死に追いやった船長について語り、普遍的な意味での「モービィ・ディック」や各自にとっての「モービィ・ディック」について意見を交わした。

　こうして３月の読書会が終わり、新刊が次々と押し寄せてきているので、『白鯨』に関する私の小さな今年の抱負は達成できずに終わるかもしれない。だが、こう考えることもできる。今、われわれのモービィ・ディックはコロナウイルスであり、われわれの船長はエイハブ〔作中の捕鯨船の船長。白鯨への復讐に正気を失っている〕のように無謀ではなく、スターバック〔暴走する船長をたしなめる航海士〕のように冷静な理性をもち、それゆえ全員で破局へ向かうような愚行に走らず、長期的な国益と国民の健

康のために賢明な策を講じることができるだろうと。これはほぼ信心にも近いものである。

　こうした混乱を前にし、人々は目を覚ますべきである。人はみな銑綱に巻かれて生きている。誰もが首に縄を巻いて生まれてきた。だが、物静かでとらえ難いながら常に存在する生命の危機に人が気づくのは、生が突発的に死へ向かって急旋回したときだけだ——と著者が作中で説いたように、この感染病に限らず、娯楽へ向かうれわれの限りない欲求や快楽の追求は、いつでも人類を滅ぼしうるのだから。

　よもぎ餅を持って春のピクニックへ行こうとしていた中学時代の友人との約束も、花咲くころに会おうと思っていた先輩や後輩との約束も立ち消えになってしまったが、それも作中にあるように、恐れを知らぬ者は、臆病者よりはるかに危険だということを誰もが知っているためだ。メルヴィルがホーソーンの激励でつらい執筆過程を乗り越え小説を書き上げたように、われわれが各自のいるべき場所から互いにかけ合う励ましの声も、想定外の災難に最後まで心を一つにした記録として残るだろう。

大邱市民、
21世紀の朝鮮の水軍たち

キム・ドゥル ミルナムの森で統合教育代表

　ずいぶん前から私は、学生たちと「テーマ旅行」に出かけ、心と体で学びを続けてきた。2019年は「また会いたいです」と銘打ったエコツアーで「西大邱　達城湿地」へ月に一度出向き、自然の偉大さと美しさに胸を震わせた。そんな時間を私の人生に刻むことができた2019年の感動をかみしめながら、今年度は「2020年　戒慎紀行、朝鮮半島の土と花と物語を探して」というタイトルで国内旅行を準備していた。歴史と文化、そしてこの地の物語を探るこの旅の目的地は、第1回が全羅道の珍島一帯、第2回がソウル昌徳宮一帯、第3回が聞慶セジェ[1]一帯、第4回が朝鮮通信使祭りの道を訪ねる釜山一帯と計画していた。

　ところが第1回の旅行を前に、世の中にただ事ではない空気が漂い始めた。そしてある日、非感染地域だった大邱にコロナウイルスが入り込んだというニュースが流れた。私は旅行を先延ばしにはできないと判断し、2名の学生と共に事務長に向かって悲壮感たっぷりに訴えた。

　「予定通りに出発します！」

　こうして私たちは大邱を離れ、珍島へ向かった。私たちが大邱から遠ざかるほどに、悲報が溢れ出てきた。大邱を封鎖しな

1）慶尚北道に位置する峠。かつての関所で現在は道立公園となっている。

くてはならないのではないかと憂慮されるほど、大邱市民にウイルス感染の確定診断が下され、彼らが隔離されているという知らせが入ってきた。

　時間の経過とともにさらに患者が増加し、その中心に大邱があった。学生たちは徐々に恐れ始め、このままでは中国のように都市が封鎖されて大邱に戻れなくなるのではないかと言い、さらには私たちが大邱から来たということを隠そうと言いだす者もいた。大邱はすでに罪人の都市だった。だが、生まれ育った故郷の言葉を隠せるだろうか？　流れる水のごとく制止できないものが、文化のルーツだろうに。

　翌日、学生たちを連れて「李忠武公〔李舜臣〕碧波津戦捷碑」†へ行った。高くそびえる戦捷碑の前で、私は学生にささやき声で尋ねた。

　「お前らは大邱の人間なのが恥ずかしいのか？　先生は恥ずかしくねえぞ。俺はもともと慶尚南道の出身だが、大邱が誇らしい。大邱がこの国に悪いことでもしたか？　なんだって大邱から来たことを隠さにゃならんのだ」

　碧波津の渡し場に輝く水面を照らしていた珍島の太陽が私の顔を暖かく照らしたとき、私は再び口を開いた。

　「大邱がどんだけ熱い町なのか知らんのか。大邱の人は戦火の前に命を差し出すこともためらわなかった。お前ら、東村遊園地に行ったことあるだろ？　あそこに誰の銅像がある？　そうだ、郭再祐将軍だ。あの方は壬辰倭乱〔文禄・慶長の役〕のと

† 忠武公李舜臣が勝利を収めた鳴梁海戦の勝利を記念し、海戦で戦死した珍島出身の参戦者たちを称えるために珍島の人々が協力して募金を集めて作った高さ3.8mの巨大な石碑。珍島の郷土遺跡第5号に指定されており、全羅南道珍島郡古郡面碧波里682-4に位置する。

き、義兵を集めて国を守ろうとした方だ。国債報償運動[2]記念公園が、なんで大邱にあるのか、忘れたんか？　国さえ何もできないほどの借金を誰が返したか知ってるか？　俺ら大邱市民が必死に立ち上がって、やり遂げたんだ。2・28記念中央公園はどこにあるか知ってるな？　4・19学生革命[3]の火種になったのがまさに大邱の2・28学生運動だろ。正義のために立ち上がり、この地の民主化を成し遂げた人々を記念する場所があの公園だ。お前ら、2・28公園を何度も通り過ぎてるのに気づかなかったのか？　あの公園の前の石碑に刻まれた、自由のための詩。行くことがあったら、必ず読んでみろ。お前らのこの自由は、大邱市民から始まったんだってことをしっかり悟るべきだ。だから大邱を恥じる奴がいたら、そいつこそ恥ずべき人間だ。わかるな？」

　そしてわれわれは大邱へ戻ったが、その後、故郷はさらなる危機に見舞われた。だが心配する周囲の人々に比べると、われわれは余裕満々だった。なぜならば、試練の前でより強くなるのが「大韓民国」であることを珍島旅行ではっきりと確認したのだから。
　南大邱のトールゲートを通過してすぐにマスクをし、われわれは別れた。その後、私は自宅待機を6週間ほど実行し、実に価値のある宝を手に入れた。これまで休んでいた執筆活動に着手したのだ。文章を書こうと机につくと、どこに隠れていたのか、長い間、胸の中にしまい込んでいた物語が指先からするすると流れ出た。私は、あのとてつもなく暖かい珍島の太陽のような空気に励まされ、執筆に熱中した。

2）日本からの借金を国民の募金活動によって返済しようとした運動。
3）李承晩政権当時、選挙不正に反発した学生たちが起こしたデモ。

ひと月がどのように流れたのかわからない。6週間、毎日文章を書き、本を読んだ。気がつくと童話集数巻分と随筆集1巻分の原稿が積み上げられ、3月から始めた大学院卒業論文が、意外にも9割ほど完成していた。あれほど好きだった散策もせず、6週間ほぼ一日中椅子に腰かけ、腰痛に耐えながら原稿に埋もれて過ごしている間に、世の中は変わっていた。

　大邱は困難を克服し、大韓民国の成熟した国民意識に世界がすっかり驚いていた。われわれの底力が世界のいたるところに広まっていたのだ。

　都市封鎖寸前に追い込まれた大邱は、この春をウイルスに奪われたことを嘆かず、堂々とコロナウイルスと闘いながら現実を受け止めている。

　2020年、コロナウイルスと闘う大邱市民は、21世紀の朝鮮水軍たちである。大将船と共にウルドルモッ〔鳴梁海戦の舞台となった海峡〕で命をかけて戦った彼らのように、大邱市民は全身全霊でウイルスと闘った。露積峰（ノジョンボン）の下で伝統舞踊を踊っていた女性たち[4]や碧波津まで日本軍を追いつめた水軍のように、大邱の医療人たちは防護服を身にまとい、絶え間なく押し寄せる白波に立ち向かい、市民は恐怖の中でも毅然として苦難を克服する姿勢を見せ、今もなお休むことなく闘っている。

　テーマ旅行「朝鮮半島の土と花と物語を探して」第1回の珍島旅行では、偶然にも戦いに遭遇した。だが忠武公が戦った珍島の海と大邱市民が出会って火花のように燃え上がり、戦場で共に戦ったのだのだから、その火花は決して消えることがないだろう。

4）鳴梁海戦の際、朝鮮軍の規模や志気の高まりを日本軍に錯覚させるため、多数の女性を集めて踊らせたという伝説がある。

計画より少々遅れたので徳恵翁主〔李氏朝鮮最後の国王、高宗の娘〕の紅梅の花はすでに散っているだろうが、ウイルス戦争が終わったなら必ずや、ソウルの昌徳宮楽善斎〔徳恵翁主が晩年を過ごした家屋〕を訪ねてみようと思う。朝鮮半島の精神を探す旅程でも、私は大邱の方言を堂々と使い、大邱の人間であることを誇らしくさらけ出すだろう。大邱、この地は決して、みじめに滅びる地ではない。

新型コロナウイルスの傷、
芸術の連帯によって希望を抱く

キム・ドゥクジュ 大邱文化財団 大邱芸術発電所運営チーム　チーム長

　2020年2月18日、大邱市で31番目の感染者発生。

　そのニュースを知ったときには、新型コロナウイルスで大邱の日常生活が根底から覆されることになるとは想像できなかった。感染者が入院していたA病院は私の住む町に近いから当分の間は外出を控えた方がいいな、そんな考えがふっと脳裏をかすめただけだった。

　息子の通っている塾がA病院に近いというだけで、既に出かけていた息子にすぐ電話をかけた。話し終えると安堵してホッと息をつき、胸をなでおろした。

　ちょうど夕方に知人と会う約束があったが、A病院の近くだ。急いでキャンセルした。

　感染者が出たという緊張感の中、くたびれた体を引きずって帰宅の途につく深夜。

　A病院の前を封鎖する防護服姿の警察官と医療関係者。塾の授業が終われば生徒たちが溢れ出てくる道路も普段とは違って喧騒が消え去り、がらんとして人通りもない。そこへパトカーが列をなしてA病院の前をゆっくりと走る。まばゆい光の中に街の異様な空気が噴き出し、路上に重く垂れこめているようだ。

　何ともいえない緊張感に、ひんやりした夜気がいっそう冷たく感じられる夜だった。

2月19日、大邱市の公共文化施設の門は固く閉ざされた。

　1、11、23、50、70、148、178、297、514……

　大邱における新型コロナウイルス感染者数は前日までの記録を更新し続け、一日一日、増加していった。

　忙しく動いていた大邱の時計も、いつの間にか針を止めてしまった。

　新型コロナウイルスの恐怖で、わが国だけでなく世界中の視線が大邱に集まった。際限なく感染が拡大していく新型コロナウイルスの衝撃、初めて直面する未知のウイルスによって人間の心の奥深くに不安と恐怖が巣食い、通りからは人の姿が消えた。

　新型コロナウイルスに対する恐怖と不安感は、平凡な日常生活までも一変させた。

　人と会って話をしたり、一緒に食事をしたり、仕事帰りに一杯飲むといった平凡な日々の幸せを取り戻せるのだろうか。その不安感で、日常の大切さ、ともに生きる人々との関係の大切さを心底思い知らされた。

　すると、冬の終わりの寒さと新型コロナウイルスの恐怖によってガチガチに凍りついた大邱では、全国に先駆けて、ともに恐怖と危機を克服せんとする温かい慰めや応援の公演がインターネットを通じて始まった。

　新型コロナウイルスのため休館していた大邱文化芸術会館（DAC）が、不安な日々を送る市民に希望のメッセージを伝える「DAC　オン　ライブ」公演を始めたのだ。

　新型コロナウイルスによって地域文化に関わる公演や展示が延期されたり中止になったりする前代未聞の事態が続く中、不安感に苛まれている市民には心の余裕と前向きなエネルギーを与え、地域で活動するアーティストには公演の機会を提供して

経済的支援となるよう、インターネット公開専用で無観客の公演が催され、衰退の危機にあった文化芸術分野も活気を取り戻し始めた。

　ソーシャルディスタンスを保つためインターネット中心の生活となりながらも、インターネットの聴衆はリアルタイムのチャットで互いを励ますメッセージを交換した。参加したアーティストへの応援メッセージを残すこともあり、市民の参加による新しい公演スタイルが生み出されているのだ。

　大邱コンサートハウスは、スマートフォンやパソコンがあればどこでもコンサートを楽しめる無観客公演「大邱コン　600秒クラシック」によって市民の疲れきった心を癒した。これは、大邱で活動する25名の演奏家たちが「愛─すべてに勝る力」と題し、英知を結集して危機をともに乗り越えようとする市民に向けて、クラシック音楽の演奏に愛情と応援の気持ちを込めたものだ。

　大邱のアーティストたちが心を一つにして歌った「大邱のアーティストが一つになる　アゲイン　プロジェクト」[1]も、新型コロナウイルスと苦闘する大邱市民を応援するものだ。

　才能寄付[2]で参加した大邱のアーティストや芸術団体など60余名が市民に対して温かい希望を伝え、危機を乗り越えて日常の幸せを取り戻そうとメッセージを送っている。

　2・28記念中央公園、大邱芸術発電所、頭流公園コーロン野外音楽堂、大明公演通り、寿城池、大邱三星創造キャンパス、ジ・アーク（The ARC）、啓明アートセンターなどは、新型コロナウイルスがなければアーティストたちが活発に公演を繰り広げて

1）1997年の韓国通貨危機の際、有名歌手が多数参加して国民への応援歌を歌ったことがあり、今回は2度目という意味で「アゲイン」と題されている。

2）特別な才能を持つ人が、公共の利益のために無償でその能力を発揮して貢献すること。

いたはずだ。これらの大邱を代表する屋外イベント会場が使用されることも、大邱市民としての誇りを感じるのにふさわしい。

あらゆる公演が中止され、延期されたことで生計が立たない状況で、他の地域から届いた支援や応援への感謝で始まったプロジェクトであるという点も、さらに胸を熱くする。

芸術は想像力を刺激し、感受性を柔軟で豊かなものにもしてくれる。思考の幅を広げさせてもくれる。人間の感情を浄化し、心理的安定や喜びをもたらす審美的機能を通して傷口を懐に抱いてくれるものである。その過程で自己中心主義を脱し、他者との共感や人間性への理解を深める社会的機能も有することとなる。

新型コロナウイルスによって疲弊し、閉ざされた私たちの日常生活において、大邱のアーティストたちが芸術によって連帯し、再び希望に満ちた大邱を描いている。

全国各地の文化芸術機関からは、大邱への応援と激励のメッセージも次々と届けられている。

韓国広域文化財団連合会、光州文化財団、釜山文化財団、済州文化芸術財団、全羅北道文化観光財団、韓国芸術家福祉財団などから、春の香りを伝える済州みかん、とろける甘さを分け合う全州（チョンジュ）名物のチョコパイ、健康に良い紅参〔高麗人参を皮ごと蒸して乾燥させた高級な健康食品〕、愛情のこもったお弁当、そして最高の応援メッセージであるマスクによって、大邱文化財団に感動を与えることもあった。

新型コロナウイルスによって文化芸術分野は委縮した。しかし、アーティストたちの思いやりと自発的な助け合いによって、文化の力と芸術の価値は少しも損なわれることがなかった。

アメリカの日刊紙であるワシントン・ポストは、ポン・ジュノ監督の映画「パラサイト　半地下の家族」がアカデミー賞4冠を達成したことについて「韓国の民主主義の勝利」と題するコラムを掲載し、自由な社会が芸術にとってどれほど大切かという重要な教訓を与えていると評価した。

　成熟した市民意識によって世界から絶賛された大邱の市民。

　成熟した市民と温かい連帯で希望を描く大邱のアーティストたち。

　私たちと一つになって応援の力を伝えてくれた大韓民国の方々。

　新型コロナウイルスは、まぎれもなく危機そのものだ。大邱は今、その危機の中にあっても、なお輝きを放つ温かい連帯によって、鮮やかな黄色の希望に満ちた春を描き出している。

新型コロナウイルスと図書館

キム・サンジン <small>ヨンハク</small>龍鶴図書館館長、<small>ス ソン</small>寿城韓国地域図書展実行委員長

　去る2月18日に31番目の感染者が発生し、新型コロナウイルスが新天地大邱教会を中心に大邱の全域を席捲している。これによって、1月20日に国内初の感染者が出て以来大邱地域を取り巻いていた緊張感がいっそう高まった。この渦中において大邱市民は自発的にソーシャルディスタンスを保ち、少額の募金活動など、隣人を思いやるさまざまな行動によって成熟した市民意識を示した。WHOのパンデミック（世界的大流行）宣言で長期化の局面に入った新型コロナウイルスの感染拡大は、ソーシャルディスタンスの維持を強化しなければならない状況である。最近では新規感染者数が減少する良い兆候も見えるが、緊張感が緩んだ瞬間、地域社会の感染が急速に拡大することは火を見るより明らかであるからだ。

　大邱市民が好んで利用する地域の公立図書館も、新型コロナウイルスの猛威を前に例外ではなかった。博物館や美術館とともに、全市民のための文化基盤施設である地域の公立図書館は2月中旬から閉館したままだ。龍鶴図書館は、泛魚図書館や狐<small>サン</small>山図書館など他の寿城区立図書館と共に、2月18日に大邱地域で初めて感染者が出るやいなや、寿城区庁及び寿城文化財団に対し、新型コロナウイルスの感染拡大を防止するため臨時休館を申し入れた。その日の午後には寿城区災害安全対策本部が、

大邱地域図書館の中で真っ先に全業務停止の臨時休館を決定した。地域初の感染者が出る前から、多数の市民が参加して講義形式で行われる読書文化プログラムを延期または中止するなど、感染拡大に先手を打つ対応を段階的に進めていた。当時の段階的対応計画では、大邱で感染者が出た場合、図書の閲覧や貸し出しをはじめとする全ての図書館業務を停止するシナリオだった。

第1四半期の読書文化プログラムが開講された2月1日から、受講生が20名を超える一部の講座は開講を保留した。また、2月中に予定していた3回の特別講義も全て延期した。龍鶴図書館が新型コロナウイルスに敏感に反応すべき理由は、地域の特性上、利用者の相当数が退職者であるためだ。当初、新型コロナウイルスは「武漢肺炎」と呼ばれており、肺炎が致命的である高齢世代や基礎疾患のある中高年を守るための措置だった。当時、講座に参加申し込みをしていた利用者300余名と本を貸し出し中の利用者1,400余名に対してメールやホームページでの告知、SNSなどで対応策を告知すると、たちまち反発されることも少なくなかった。

新型コロナウイルスによってソーシャルディスタンスを保つことが長期化し、「コロナブルー(コロナによるうつ病)」という新語が登場するほど市民の精神的及び心理的疲労度が高まっているが、私たちはその解決策として本を読むことを推奨し、これにぴったりのサービスも提供している。名付けて「本と共に過ごし、人とは賢明な距離を保つ」キャンペーンを展開しているのだ。龍鶴図書館では、このキャンペーンを広めるため、インターネットのホームページやFacebookなどのSNSを通じて広告し、図書館の会員として登録済みの市民にメールを送り、キャンペーンに参加する市民にサービスを提供している。

市民はソーシャルディスタンスを保つ必要性をしっかり理解しているが、疲労感を否定できないのは事実だ。特に、去る5日から予定されていた新学期〔韓国の学校は3月から始まる〕が延期され、保護者の悩みは並大抵ではない。段階別にインターネットで授業が始まったが、子供がパソコンやスマホ漬けになるせいで親の小言が増えるのも現実だ。その上、気候も日一日とうららかとなり、春のお出かけという誘惑に耐えるのは簡単ではない。根本的な問題として、厳格なソーシャルディスタンスを保つ生活をいつまで続けなくてはならないのか、それを予測できない状況が市民を疲弊させている。

　大邱地域図書館系列では、4月から、市民との接触を最小限に抑えつつ本格的に業務を再開した。本の貸し出しは、新型コロナウイルス検査で有名になった「ドライブスルー」の図書館バージョンだ。龍鶴図書館の場合、車に乗ったまま本を借りるだけの敷地はないため、徒歩で本を借りるという意味の「ブック・ウォークスルー」という名前で運営されている。利用者の安全のため、防護服などで感染を防止している司書が図書館の入口で、インターネットのホームページで予約しておいた本を貸し出す方式だ。貸し出される本は、前もって紫外線による本の消毒器で殺菌処理が施されている。貸し出し業務は毎週水曜日と土曜日の2回であり、本を返却するときは、図書館の入り口に設置された無人返却機を利用すればよい。

　公立図書館を中心に読書運動を広げようとする活動のなかから、大邱広域市寿城区において今年開催される「2020年　大邱寿城　韓国地域図書展」の進捗状況をご説明しよう。寿城区と韓国地域出版連帯が共催する2020年大邱寿城韓国地域図書展を盛大に執り行うため、寿城文化財団所属の図書館を中心に構

成された特別委員会が、昨年の後半から何度にもわたり、成功事例の検討会や新たなアイデアを募る会議を開いてきた。今年に入ってからは民間主導の組織委員会を発足してイベントの準備に拍車をかけている。しかし、新型コロナウイルスの感染拡大が長期化し、当初予定の5月22日〜24日では開催不可能と判断したため、10月16日〜18日に延期することが最近決定された。

　韓国地域図書展は、大韓民国の地域出版物と読書文化を共有してコミュニケーションを図るために、毎年、基礎自治体単位で開催される全国規模の本の祭典であり、読書に関するイベントでもある。今年は大邱市寿城区斗山洞寿城池の公園、相和東山と、寿城区立図書館である泛魚図書館、龍鶴図書館、狐山図書館の三図書館で開催される。組織委員会ではスローガンを公募し、「地域を慰める、本を多読する」などを選出し、国民千人が1万ウォンずつ出しあって地域出版大賞を授与する「千人読者賞」の参加者も募集するなど、イベント準備を加速させている。

　韓国地域図書展は2017年に済州で始まった。国内の出版市場の大半がソウルと京畿道坡州の大手出版社に占められているのが現実であるものの、地域文化を守り育てようという努力を諦めない地方出版社が集まる韓国地域出版連帯が、済州市と共に図書展を開催したのが最初だった。続いて2018年には京畿道水原市で、2019年には全羅北道高敞郡で盛大に開催された。今年で4回目となる。

　開催地の紹介でお気づきのことと思うが、韓国地域図書展は、各地方の出版と読書文化を代表する基礎自治体において開催されている。済州圏では済州市、京畿圏では水原市、湖南圏では高敞郡、嶺南圏では寿城区、江原圏では春川市がそれに

該当する。よもや未熟な点でもあろうものなら、その圏域における出版及び読書文化を代表すべくさらなる努力を惜しまないとの意思と覚悟が明らかな自治体であり、その旨を自らと地域住民に誓っている。

　どうか、本を近くに置き、人とは賢明な距離を置くことによって、心身の免疫システムが強化され、新型コロナウイルス感染拡大が一日も早く終息し、大邱市民はもちろん大韓民国の皆さんが日常生活に戻れるよう願っている。また、多くの方々の関心とご参加を頂く韓国地域図書展を通じて本と読書の価値が広く伝わっていくとともに、大邱と寿城区に蓄積された文化の力量が確認されるよう切望する。

生活治療センター "持たざる創造者" たちと共に歩んだ15日間

キム・ヨハン 大邱広域市青少年政策課課長

　2月18日、都市が止まった。市民の日常も止まった。韓国国内で初めて感染者が確認された1月20日から2月17日まで、感染病は、走る汽車の車窓越しに眺める鬱陶しい風景程度のものだった。ところが、31番目にあたる患者の行動歴が明かされるとともに感染者が急増し、私たちの都市はアルベール・カミュの小説『ペスト』の舞台となったアルジェリアの都市 "オラン" になった。しかし、大邱は "オラン" のように封鎖されることもなく、新聞記者 "レイモン・ランベール" のように絶えず "オラン" を脱出しようと試みる人もいなかった。大邱は逆に、自らを封鎖し、ひとりの老医師が出した要請文に応える形で数多くの医療スタッフが全国から続々と大邱に駆けつけてきた。残忍だった大邱の2月は過ぎ、マスク2枚とともに春を待ちわびる3月となった。

　3月1日、3・1独立運動を記念し太極旗を掲揚する祝日であるが、2020年の3月1日は更に記憶に残る日となった。この日は、"青少年希望共同体" 活動に参加していた市民団体、青少年団体、青少年センターが "新型コロナウイルス克服1339ウォン国民募金[1]" キャンペーンを立ち上げた日であり、この募金活動には3月の1カ月間で約5万5千人が参加した。また、同日は政

1）国民1人が1339ウォン（もしくは13,390ウォン、133,900ウォン等）を寄付し、3人の知り合いに勧めれば3日間で9名が参加することになる募金活動。

府が新型コロナウイルス対応治療体系を変更した日でもあっ
た。政府は、患者の重症度を4段階に分類し、軽症患者の経過
観察・治療とウイルス感染拡大防止のために"生活治療セン
ター"で軽症患者を受け入れることを対策として打ち出した。3
月1日、大邱および慶尚北道地域の新型コロナウイルス感染者
数が3,000人を超え、大邱地域の病床不足状況が悪化、市民が
死亡するという残念な事態が発生したのだ。

　大邱地域の軽症患者を隔離・ケアするため、国家が運営する
施設や宿泊施設を活用して、全国に15カ所の生活治療セン
ターが構築・運営されることになった。初期段階には大邱での
施設確保が困難に直面し、忠清北道など他の自治体にまで地
域を広げて施設確保の努力がなされた。当初、申し出があった
忠清北道槐山軍事学校は生活治療センターとしての使用には適
さないことがわかり、国民年金管理公団が運営する忠清北道・
堤川にある清風リゾートを生活治療センターとして構築・運営
する責任を担うことになった。

　3月6日の朝、ミッションを簡単に共有し、大邱市に勤務する
10人の公務員は、前日の夜に慌てて衣類を詰め込んだカバンを
自動車に積んで堤川に走った。"人事発令"は1日経ってから確
認し、我々の手元にあったのは、2ページの"生活治療センター
準備事項"と「経費の全額は国の負担とし該当地域の業者に了
解を得て優先供給をお願いする」という"新型コロナウイルス
財政執行の手引き"がすべてだった。"地面にヘディング〔無謀な
挑戦という意味で使う韓国語の言い回し〕"という表現がこの場合に
当てはまるだろうか？　いや違う！"危機に直面するのも人だ
が、危機を乗り越えるのも人なのだ"。

　3月8日午前、155人の軽症患者を入所させなければならない
という"ミッション：インポッシブル"のもと、全国から43人

の医療スタッフと派遣勤務者が2日間で集まった。私たちは否応なく"持たざる創造者"になった。155人が最低2週間ひとり1部屋で隔離生活ができるように、各種の生活必需品を現地で緊急調達し、医療品と防護服は、大邱、堤川消防署、および全国で、あらゆるコネクションを総動員してひとつずつ確保していった。

堤川市は、飲食業を営む住民たちを集めて各所にチームを結成し、弁当を供給する役割を担った。堤川市が食品衛生面での責任を負う形で進めたため、堤川市における地域経済の支えにもなり、入所者にも新鮮な食べ物を提供することができた。防疫業務と廃棄物処理の委託も現地調達が不可避だったが、人口13万人の小都市において、充分な処理能力があり、かつ経験豊富な業者を探すことは不可能だった。

"行動しながら学ぶ(learning by doing)"生々しい生活の現場であり、極限の業務だった。防疫業者は大邱から専門家を招聘し、教育後すぐ現場に人材を投入、これまで輸送業務だけを担っていた廃棄物業者たちは初めて防護服を着て作業を行った。"まず実行、後で契約"の売掛取引は、国家が相手だとしても市外業者にとってはかなり不安だったようだ。

MERSウイルスの後、"監査[2]"を受けた際のトラウマを思い出した同僚公務員もいたが、結局、「公務員が支払いの責任を負う」という確認書に自分の名前でサインした。15カ所の生活治療センターを構築・運営した大邱市の全公務員が後日"監査"を受けることを覚悟しながら、ひたすらミッション遂行に専念した。その結果として4月7日現在、2,400名の軽症患者が健康に退所していき、新型コロナウイルスという大火を鎮めることが

---

2) 2015年のMERSコロナウイルス発生時の対応について疾病管理本部などを対象に監査が行われ、公務員らが解任、降格などの処分を受けた。

できた。つらい生活に耐えた軽症患者たちの奮闘努力も大きかった。

　狭い空間の中で生活規則を守り、検体検査が陰性と出ることだけを指折り数えて待たなければならない日々。それでもテレビがあり、無線Wi-Fiがつながるこの施設は比較的、気が紛れるほうだっただろう。だが、1次検査が陰性だったのに2次検査では陽性と出た日、その日の心境は当事者でなければ誰が知り得ようか。その日、心理カウンセラーの先生は食事もろくに喉を通らなかった。従業員たちの提案で、誕生日を迎える人にささやかなプレゼントでエールを送ったが、不安に苛まれた友人を慰めるために無断で部屋を移動した"ロミオとジュリエット"状態の青年たちには警告をしなければならなかった。

　生活治療センターの運営目標と原則、入所者の個人的な事情と人間的な配慮の狭間で、ときには塀の上を歩くような深い苦悩があった。「マッコリ2本だけもらうわけにはいかないか?」と電話してきた老人が思い出される。入所者が風邪を引くといけないからと、初めて防護服を着て夜遅くに客室の暖房器具を修理してくれた施設管理職員の心強い足取りを忘れられずにいる。「大変だが約束は守らなければならない」というひとことで、週末に往復5時間をかけて3名の退所者を大邱まで移送してくれた大邱市公務員の尽力にも感謝する。

　155人の軽症患者をケアするために43人の応援人材は"ワンチーム"になった。ミッションを完遂できたのは、所属機関別のトップが代表者会議を通じて課題と問題点を共有し、互いへの信頼も築きながら"ワンチーム"になったおかげだった。誰もが自分の担当役割に加え"ワン・プラス・ワン〔ひとつ買うともうひとつおまけについてくるサービス〕"の役割も果たした。

　医療スタッフは、毎日軽症者の状態をチェックしながら、グ

ループ別にオンラインチャットルームを運営し、日常を見守り、退所手続きまでサポートしてくれた。国防部所属の若い将校たちは、1日3回防護服を着て、一度のミスもなく155人に弁当を提供し、入所者の宅配物や後援物品を配達する手間も喜んで引き受けてくれた。警察庁職員たちは、24時間にわたって監視カメラのモニタリングと安全を確保してくれた。

　大邱市と中央省庁の派遣公務員は、総括的な運営を担当し、時にはフィクサー役を買って出てくれた。現地では使用不可能に見えた手書き処方箋を、堤川保健所と連携し、これをまた薬局と“トライアングル”で連携するシステムができ、これは、患者を治療しなければならないという責任感から大邱市と堤川市の公務員、医療スタッフのクリエイティブな協力関係が生んだ賜物だった。全国の生活治療センターが“積極行政”の実験と挑戦の現場となった。ともに歩んだ道程が事例となり、ひいては運営指針となっていった。

　苦境に立たされた時に人の真価がわかるように、災難に見舞われたときにこの社会の素顔がさらされる。新型コロナウイルスを記憶し、記録する多くの書き手がいるだろう。嫌悪を抱くよりまず連帯し、皮肉や倦怠もなく黙々と自分の役割を忠実に守り、ともに耐え抜き、ともに打ち勝とうとした多くの人々の顔を記憶する書き手のひとりになれたことに感謝する。皆さんは出会ったはずだ。大邱で、堤川で、皆さんの生活の場で、数多くのオラン市の医師“ベルナール・リウー”と、ボランティアとして保健隊を組織した“タルー”に会っただろう。リウーとタルーを助けた市役所の書記補助“グラン”がいたように、私も誰かにとっての“グラン”として記憶されれば、後輩たちに対する恥ずかしさや申し訳なさが少しは薄らぐ人生になるだろう。

　“最も脆弱な環が全体の鎖の強度を最終的に決定する”とい

う言葉がある。この災難によって韓国社会の最も弱い環を発見し、共同体の知恵と力で乗り越え改善していきながら、よりよい次の社会に進む契機になることを願う。

賢明でありたい
リモートワーク生活

キム・ユンジョン 『大邱芸術』編集長

　冬の朝、布団の中から出るのが嫌でグズグズしているとき、スッピンでパジャマ姿のまま仕事をしたいとき、フレキシブルに働いて都会の遊牧民になりたいそんな瞬間、リモートワークに憧れたことがあった。

　あくまで空想上のものだったリモートワークを新型コロナウイルスが実現してしまった。大邱地域の感染拡大に気を揉んでいた２月下旬、大邱芸総〔社団法人韓国芸術文化団体総連合会・大邱広域市連合会〕会長の迅速な判断によりリモートワーク勤務指示が下された。20年以上も通勤生活を送ってきた会社員の私に、ついにリモートワークの始まりが告げられたのだ。生涯初のリモートワークは、春の花が吹雪と舞うまで続くことになった。

　最たる急務は季刊誌である『大邱芸術』春号の刊行だった。発行予定日が３月１日だったので、幸いにも原稿の校正まで終えている段階だった。担当デザイン室長が作成した仮編集本のチェックはオフィスにいなくてもできる作業だった。正直、この頃はまだ、まるで戦場のごとくこなしていた今までの業務に対するご褒美休暇をもらったような気分で過ごしていた。

　だが、１日が１週間になり、１カ月以上続くうちにこれまで懸念していたことが現実のものとなっていった。勤務地からさして遠くないエリアで新型コロナウイルス感染者が大量に確認され、大邱芸総の事業にも赤信号が灯った。まず、"大邱韓流"を

リードしてきた国際芸術交流事業がストップした。ベトナム・ダナン文学芸術連合会との協約締結式キャンセルを皮切りに、4月に京都、5月に中国・寧波市と予定していた国際芸術交流は暫定的延期になった。毎年、この時期には大邱芸術文化大学の受講申請者たちで賑わったものだったが、今年に限っては静かだった。3月末に予定されていた入学式を取りやめ、新たに組み直さなければならなくなった。苦労して確保した公演会場のレンタルも霧散となった。これとともに講師たちのスケジュールも糸が絡まるように複雑にもつれてしまった。相次ぐキャンセル、無期限延期とともに不安な朝を迎える日々が続いた。

　誰がスーパー・スプレッダーになるかわからない状況は"家の外は危険"だと人々に家の扉を閉めさせることになった。しかも、ウイルスというものは密閉された空間であればあるほど感染するため、文化芸術活動がダメージを受けることは明白だ。大邱芸総会員団体[1]も例外ではなかった。例年、春の幕開けを告げるイベントであった大邱演劇祭を始め、講演会、音楽会といった公演プログラムが次々に中止になった。展覧会も事情は同じだった。

　災害が発生すると、真っ先に縮小・削減されるのが文化芸術分野である。芸術をなりわいとするフルタイムの芸術家にとっては間違いなく深刻な問題だ。芸術作品というものは一瞬にして作られるものではない。数カ月前から企画し、準備、練習した成果を発表するものであるため、イベントのキャンセルは芸術家を無気力にさせた。"凍てつく"という言葉が修飾語として文化芸術界につけられる事態になった。

1）建築家協会、国楽協会、舞踊協会、文人協会、美術協会、写真作家協会、演劇協会、映画人協会、演芸協会、音楽協会からなる大邱芸総の会員団体。

大邱芸総会員団体ごとの被害規模も把握しなければならなかった。2月から4月に新型コロナウイルスによってキャンセルまたは延期になった大邱地域における芸術イベントは約300件に上った。また、韓国芸術文化団体総連合会の調べによると、今年1月から4月の芸術家の収入は前年対比で88.7％減少したことがわかった。ちょうどその頃にオープンした大邱・芸術経営支援センターが、新型コロナウイルスの影響で被害を受けた芸術家のための専用窓口を開設、運営することになった。大邱・寿城（スソン）文化財団では、芸術家の士気高揚のための支援対策をまとめたというニュースも聞こえてきた。

　不意打ちの災難は、"まさかの時の友こそ真の友"という真実を再確認させてくれた。大邱芸総の国際芸術交流事業で長きにわたり友情を培ってきた中国・江蘇省文学芸術界連合会をはじめ、寧波、ダナン、ホーチミン、北京、宮城県などの芸術団体から安否を問うメールが届いた。中でも韓国芸総・京畿道連合会は、特別災害地域に指定された大邱の芸術家を支援するための意義深い義援金を送ってくれた。大邱芸総もまた、会員団体の10協会から任意の義援金を集めて3千万ウォン相当の防疫物資を大邱市に寄託した。

　中国・武漢が新種のウイルスのため阿鼻叫喚の様を呈しているというニュースにも、5年前のMERSウイルス流行の時にも、私の生活にそれほど影響はなかった。が、今回の新型コロナウイルスは、今まではなかった私の姿をたくさん作り出した。料理に少しも関心がなかった私が三度の食事のためのレシピを研究し、落書きレベルではあるが絵も描いた。朝になると電話やカカオトークで体温チェックをするように安否を尋ねた。カラメルコーヒー作りが宿題になってしまった子供たちは、ビデオ

通話やグループ通話をしながら孤独感に立ち向かっていた。

　安定してリモートワークを続けるには限界があった。強制的に引きこもり生活を強いられている子供たちという障害物があり、膨大な資料があるオフィスには遠く及ばない環境だった。企業各社はさまざまなIT運用ツールを活用し、リモートワーク環境を整えているという。IT大国ならではの驚くべき適応力だ。

　図らずも休業状態に陥った芸術家たちの情熱が萎えるのではないかという懸念は杞憂だった。絶望の淵において芸術は癒しと喜びを与える最も強い武器であることを証明するように大邱の芸術家たちも動き始めた。大邱美術協会では寿城池で新型コロナウイルス克服のための野外展覧会を開いた。行き場を失った生の芸術をインターネット上に移し、文化芸術を商品化して販売する試みも登場した。社会的危機の後には芸術が発達してきたという過去の歴史もある。近い将来、並木道の木々の間で芸術イベントを告知する横断幕がそよ風に踊る日が来るだろう。

　諸悪の根源といえる新型コロナウイルスは社会全体を萎縮させた。その危機の中で自らを振り返り、人を慰める方法を知ったことは大きな収穫だ。温かいひと言は滋養強壮剤になる。皆が初めて経験したこの状況、ウイルスがもたらしたこの時間が色褪せてしまわないよう力を合わせて備えなければならない。

　文化芸術会館の裏手にある駐車場で久しぶりに猫たちに出会ったとき、とてもうれしい気分になった。春の日射しに温められた石垣と路面が穏やかな顔をしている。李章熙[2]の詩「春

2）大邱出身の詩人（1900〜1929）。「春は猫でござる」は金時鐘による訳で『再訳 朝鮮詩集』（岩波書店刊）に収録されている。

は猫でござる」がぴったりくる情景だ。一日も早くこの事態が終息し、止まっていた私たちの時間に青い春の活気が息吹く日が来ることを心から待ち望む。

私は大邱の住民です

キム・ジョンピル 詩人、城西公団勤労者

　凍った大地が溶け、春の足音がすぐそこまで聞こえてきたというのに、先にやってきたのは招かざる客コロナだった。大邱はたちまちパニックに陥った。この地で生まれ育った者が見ても、大邱にはもう人が住めないような暗鬱さが満ち満ちていた。

　それでも、大邱の住民たちはただやられているばかりではなかった。自主的に自宅隔離を始め、医療スタッフの献身的な努力が続いた。身近では、休職していた看護師の姪が拠点病院での勤務を志願して医療チームに加わり、知人らは手作りのマスクを自分たちよりも困っている市民に寄付し、海苔巻きや弁当、生活用品などを届け、生活に困窮しているホームレスや貧民街の住人、コロナと闘う医療スタッフを勇気づけた。

　そんななか、ほかの地域では大邱の住民を忌避する動きも見受けられた。正直、当時は憤りを覚えることもあった。街はひっそりと静まり返り、店は廃業に追い込まれ、経済は崩壊し、大邱はこのまま没落してしまうのではないかという危機感に駆られたが、大多数の国民の声援に励まされ、耐えることができた。

　ようやく、凍った土から青い芽が頭をもたげ、春が訪れた。

これまでひとつとして同じ春はなかった。今年の春も、コロナという陰鬱で寒々とした暗幕を少しずつ取り払い、花を咲かせ始めた。人々が明るい笑顔を取り戻す美しい春を待ちながら、コロナで苦労した日々を書き留めた一編の詩を、ここに綴りたいと思う。

　　　私は大邱の住民です

—— キム・ジョンピル

　　父が生まれる前からある薬令（ヤンニョン）通りでは
　　一日中漂っていた漢薬の匂いが消え
　　突然ふりかかった出来事に
　　物騒な言葉が飛び交い
　　いつもの賑わいはどこへやら
　　ある夜を境に幽霊のように人影が消えました

　　色艶良い餅が評判の世話好きな餅屋では
　　週末の大量注文が示し合わせたように
　　すべて取り消しになり
　　米を水に浸す前でよかったとはいえ
　　自分よりも貧しい人を慮るそのやさしさゆえに
　　哀しみに浸っているのではないかと気がかりで
　　なりません

　　双子の母となった娘を手伝いに
　　毎週末ソウルへ通っていた妹は
　　自分はウイルスなのだと

無邪気に遊ぶ孫たちの姿を
動画越しに見ていても
心がざわつき笑えないそうです

故郷の山村で余生を過ごしたいという親を
行かせなければよかったと後悔ばかり
その近辺で不安なニュースが続いても
無事を確かめる術は電話しかなく
胸がつぶれる思いです

先延ばしにしていた出張を申し出れば
すぐに来てくれと言った覚えはないと
来いというまで来るなと言われ
いつまでこうしろというのか
このままここで死ねというのか

大邱の住民が悪いのだといいます
大邱の住民がみな保守派ではありません
大邱の住民がみな革新派ではありません
曲がりなりにも義理を守るだけです

お願いです！
どうかのけものにしないでください

大邱から出るなと
そこから一歩たりとも動くなと
大邱よ頑張れと？
そこまで大邱を

思いやったことがあるのですか

大邱の住民はウイルスではありません
大邱は倒れません
大邱の住民は死にません
大邱の住民は力強く起き上がります
私は大邱で暮らす大邱の住民です

いったい何事なの

ナ・ジニョン 読書指導員

1. 新型コロナウイルス、大邱を襲う

　2月18日火曜日は私にとって待ちに待った休日だった。5人の女友達とおいしいものを食べながらおしゃべりをして、街をぶらぶらしてはまたおいしいものを食べた。他の地域の新型コロナウイルスの話をしながら、大邱も心配だねと話した。それが5人との最後の晩餐だった。今でも友人には会えずにいる。まさにその翌日、2月19日から状況が急変して少しずついろいろなことが止まっていった。私の担当する授業も休みになった。

　その時ちょうどアメリカから大邱の実家に来ていた友人が、2月21日に帰っていった。もしも空港で入国を拒否されたらどうしよう、と笑いながら心配をしていた。意外なことに、友人はなんの検査もなく帰ることができたとメールを送ってきて、みずから14日間の自宅待機をとった。その友人はニュージャージーに住んでいる。一昨日はやっとトイレットペーパーを買えたと、安心したという。私たちとは違う様相だ。今のニュージャージーは、友人が帰った時の大邱と同じような状況だ。

2. このままで大丈夫だろうか

　1週間分の食料を買ってきた。近所の主婦がたくさんいた。

みんな只事ではない状況に対処するため苦労しているようだった。東灘〔ソウル郊外の新都市〕で暮らす兄が、こっちに来たらどうだと言った。大邱は危険だと。そう？　私は笑い飛ばした。危険は危険だが、用心に用心を重ねればウイルスが離れ去っていくだろうと思った。なのにどういうことだろう。31番目の新型コロナウイルス感染者によって、爆発的に感染者が急増した。それも大邱、慶尚北道でだけ。テレビをつけっぱなしにしたまま毎日を過ごした。

　状況は急激に悪化した。消毒用のハンドジェルをもうひとつ買い、エレベーターに誰かが乗っていれば次まで待って乗るようにし、家中を消毒液で拭いたりもした。図書館も閉館した。だんだん気が滅入り不安になった。正坪洞に住んでいる娘から電話があった。「お母さん、驚かないでね。私、自宅隔離中なの」。心臓がバクバクした。ボランティアに行った児童センターの職員が感染者だったのだ。その日から14日間は毎朝毎晩、娘に電話をかけた。体調は大丈夫か、ひとりで辛くないか、何か必要なものはないか。14日間が過ぎ、娘は大邱の我が家にやってきた。うれしかった。

　それから今日まで娘は私たちと一緒に過ごしている。大学はオンライン授業になり、家で講義を聞いて課題をする。課題が多すぎると嘆きながら朝まで取り組んでいることもある。たまに娘と犬の散歩をする。「お母さん、新型コロナウイルスも悪いことばかりじゃないね」と娘が言った。考えてみると家族がこんなふうに一緒に過ごすのも久しぶりだった。夕食にスパゲティーを作ってくれたり、ビビン麺を作って、おばあちゃんの味にそっくりだと自画自賛したりする娘が愛おしかった。

3. 自分を見つめる

　新型コロナウイルスが蔓延するなかで、マスクがほとんど無くなってしまった。友人たちはマスクを郵便受けに入れていってくれたり、おいしいチョコレートを送ってくれたりした。仁川(インチョン)に住む友人は郵便でマスクを送ってくれた。状況が状況なだけに胸が熱くなった。

　今や新型コロナウイルスは収束し始めた。マスクの購入に躍起にならなくていい。この期間、夫と娘と一緒にいろいろなことをした。夕食を食べてテレビを見て、散歩をしてドライブにも行った。家族以外の人との接触には気をつけた。夫や娘と一緒に過ごすのも楽しい。でも私は友人に会いたい。会ってお茶を飲んだり食事をしたりしたい。そんな簡単なことができないなんて！　会いたい人に会えないのは辛い。我慢した。今でも必死に我慢している。心の中で会いたい友人の顔を1人、2人、3人と思い浮かべた。彼女たちのことを想いながらこの時間を過ごしている。新型コロナウイルスについての緊急速報メールが来なくなったとき、私は走り出すだろう。会いたい友人たちのもとへ。

飢えを感じながら成長する
ひととき、止まった時間

ナム・ジミン 《大邱文化》記者、保護者

　2020年2月7日に予定されていた子供の卒業式を、心待ちに
していた。その数日前から、保護者は出席していいのかどうか
とさまざまな話が行きかっていた。いちおう前日に、職場に有
休願いを出して帰宅した。家に着くと、子供が卒業式の招待状
のかわりに案内文を1枚、差し出してきた。卒業式は各教室で、
映像を流すかたちで行われるとのこと。会場はもちろん、子供
が学んだ教室にも保護者の立ち入りは遠慮してほしいという内
容だった。

　卒業式の日。まず子供を学校に送り出したが、写真の1枚く
らい残してやらなければと思い学校へ向かった。校門の前に
は、いつもの卒業式の会場と同様、花屋さんが露店を出してい
た。だが、道行く人も心配になるほど店の主人は暇を持てあま
していた。けっこうな数の保護者がグラウンドに三々五々集
まっていた。卒業式らしくない卒業式に来ざるを得ない複雑な
思いが見て取れた。教室で卒業式を終えた息子とグラウンドで
おちあい、校名が刻まれた玄関をバックに写真を撮った。

　漆谷に住むおばあちゃんは、前日まで孫の卒業式に出たいと
がんばっていた。だが、慎重にした方がいいという息子、息子
の嫁の意見に、出席をとりやめた。さぞやがっかりしているだ
ろうと思い、おばあちゃんの家に挨拶に出かけた。まだマスク
や手の消毒が必須ではなく、食堂への出入りも自由だったか

ら、ささやかに外食をした。家に帰る途中、制服の販売店に立ち寄って進学する学校の制服を買ってきた。

　息子の卒業式が終わると、本格的に春休みに突入した。私が仕事に出てしまうと、娘と息子、姉弟が家でふたりきりの時間を過ごすことになる。どこの家でもそうだろうが、母親は学校が休みになった兄弟姉妹がじゃれあい、そのうちどちらかが駄々をこね、どちらかが言いつけにきたときソロモンよろしく裁定しようと覚悟を決める。そんな心理的な準備以外で一番気がかりなこと、かつ負担なことは、自分が会社に行った後の子供たちの朝と昼の食事である。

　卒業式のあたりまで、気を付けようと思ってはいながら、新型コロナウイルスは中国の武漢でだけ流行している病気という感覚だった。ところが、大邱で感染者が発生して社会的距離が言われるようになってから、それに比例するように体と心にどんどん不安が募っていった。まず、外出ができないのだと思うと子供たちの食べるものが気にかかった。大型スーパーのアプリを使って買い物カゴに次々食材を入れた。だが配達予定時間がすでにいっぱいで注文できない。目を皿のようにしてオンラインサイトを探しまわり、自分がいなくても子供だけで簡単に作れ、食べられる冷凍食品、レトルト食品を注文した。

　マスクを買おうとネットのショッピングサイトをいくつあたっても、高い値段のマスクさえ売り切れの状態だった。KF94や80のマスク〔韓国食品医薬品安全処の認証を受けた、一定程度微粒子を遮断するマスク〕がダメなら布マスクだ、と思った。同僚からオンラインサイトを教えてもらい、配達にかなりかかるのを承知で布マスクとフィルターを注文した。買い物に出た友人の話

によると「スーパーに来ている主婦は、まるで二度と買い物に出られないみたいに何カ月分の食糧をみんな買いだめしている感じ」だったという。

昼間スーパーに行けない代わり、家に帰ってからネットでショッピングサイトをぐるぐる回った。オンラインのショッピングモールで注文すれば、何日かはかかるが商品は届く。数日連続で宅配の段ボールが積まれていくので子供たちは不思議がっていたが、自分たちを食べさせようという母親のかわいい頑張り、ぐらいに思ったらしい。私が仕事に行っているあいだ、子供たちは配達された荷物を受け取り、冷凍庫や冷蔵室にしまう必要のあるものを率先して入れておいてくれた。

子供たちは「ママ、いつも買ってるものがスーパーになくても、別なものがいっぱいあるんだよ」と、やんわり私の行動を皮肉った。それを聞いてようやく「私、なんで買ってるんだろう？」と自問自答し、ハッと我に返った。子供を育てる母親として、成熟した市民としての資質に欠けていると思い、子供たちや自分自身に恥ずかしくなった。どんな状況でも我が子を飢えさせたくない母親の当然の母性愛、と合理化することもできたが、要は私の至らなさだった。

マスクと宅配騒ぎという不安要素のあいまから周囲を眺めた。子供たちの父親であり週末だけ戻る夫は、公務員として新型コロナウイルス対策本部の現場に24時間つめており、知人は地方都市の保健所職員として緊迫した状況のなか日々を送っているとのことだった。この不安の時期、母親が賢く行動することも子供たちには教育だと思った。「大人として、母親として、もう少し毅然とした姿勢を見せなくちゃ」。そう気を引き締めたのは、2月25日頃だった。

SNSに「買いだめしない」という自分への約束をアップした。

全国各地から大邱へ、支援の手や寄付のさわやかな風が流れ込んできた。仕事の関係であれ個人的な交流であれ、仕事が終わってもどんな人にも会えず、文化的な生活もできない。子供たちの夕食づくりもあって、定時で退勤せざるをえなかった。いつもなら塾や学校にいるはずの子供たちは、玄関ドアの前で私を待っていた。そんな子供たちをすぐにぎゅっと抱きしめてやれないのも現実だ。手を洗い、服を着替えてから、子供たちと向き合った。

　家に着いたらテレビのニュースでまず感染者数の増加を確認するかわりに、子供たちといっしょに食卓を整え、なかよく会話を交わし、ねぎらいあう夕食の光景づくりを心がけた。週末家族なので父親はいないが、家にいる家族3人で晩ごはんを食べ、1日の出来事やいくつかの話題を語り合う。危機の時期は、別な見方をすれば子供たちがこうやって長いあいだ家に、そして私のそばにとどまっていられるまたとない時間でもある。子供たちだって学校が再開すれば登校や塾通いになるし、もっと長い目で見れば入隊したり就職したりで、家にとどまっていたこの時間を懐かしく思う日もくるかもしれない。張り合いのある、充実した日々を送るのだ、とちょっと上から目線で思ったりもした。

　新型コロナウイルスのことが起きる前は、学校が休みの朝は母親の私にとって、目が回るほど忙しい時間だった。仕事を持つ母親がみなそうであるように、休みの子供たちが寝坊から起き出して食べる朝食と昼食、2食を準備しておかなければならないからだ。だが、新型コロナウイルスの状況が長引くにつれ、私は子供たちに少しずつ自炊させるようにした。朝はご飯とおかずを準備しておき、お昼は子供たちが自分で温めたり簡単に

調理できるものを用意してやる。やがて3月になると、ごはんだけ炊いて簡単な食材を買っておけば、子供たちは自分の食べたいものをオリジナルレシピで作るようになった。

　もちろん、うちの子が調理器具や加熱機器を使える年齢だったから可能なことだ。もっと小さな子を抱えて仕事をする女性は、子供の世話に食事の支度で大変だと言っていた。職場で子供を持つ者同士、子供の昼食の支度をどうするかアイデアを出し合ったり、学校や塾に行けない子供の日々の過ごし方を情報共有したりした。中学生ひとり、小学生ふたりの子を持つ母親は、暇な子供たちが最近掃除を始めたと言っていた。1人は雑巾を洗い、1人は掃き掃除をし、1人は雑巾がけをする。退屈なこと、することがないこと。そんな休止符が、明らかに子供たちの創意工夫の力や想像力を引き出している。

　帰宅してからの家庭の風景も少しずつ変わってきた。帰宅して夕食の支度に追われていた私だったが、いまでは帰宅する前に子供たちがごはんの準備をしてくれている。そして、私が手を洗い、服を着替えるあいだ、娘は新たに発明したレシピでテキパキと料理を作る。手首の力が強い息子は、コックさんみたいに中華鍋をゆする動きを再現して意気揚々だ。昼間姉が作ってくれたランチについてコメントし、料理の腕の上がり具合も報告してくれる。学校と塾だけを行き来していたら絶対に繰り広げられることのない日常が、止まった時間のあいだに生まれつつある。

　仕事を持つ母親は子供の安否確認のため、そして学校や塾のオンライン授業、宿題のチェックのため、これまでより頻繁に電話を入れなければならない煩わしさに耐えている。だが、子供の日々の様子を話すうち、学校と塾がなく勉強へのプレッシャーが比較的減ったぶん、オリジナルな遊びや能動的な活動

ができているという結論になった。母親不在のあいだ、兄弟姉妹はぶつかりあいながら問題を解決し、ときにしっかり抱きあいながら時間を埋めている。こんな時期、子供を家にひとり残して仕事に出るひとりっ子の母親は、何人も子供を抱えて仕事をする母親の育児と同じくらいつらいだろうという同僚の言葉に、思わずうなずいてしまう。

　3月2日だった学校の再開は3月16日になり、また4月6日に延期された。3月31日の発表では学校再開はさらに遅れ、4月9日からまずは中学校3年生と高校3年生を対象にしたオンライン学校再開が始まり、その後順次オンラインでの学校生活がスタートするという。子供たちは学校と塾のオンライン授業で比較的自由に勉強しながら、与えられた時間を有意義に使っている。

　学習問題集ばかり積んであった机に小説が広げられるようになったのも、うれしい変化の1つだ。これまで子供たちは、ひもじさはもちろん、学校や勉強に対する飢えを感じる間もなく、ひいひい言いながら学校と私教育のマーケットを行き来していた。新型コロナウイルスでこれまでにないような危機の時間を送ることになったが、社会的距離を置くこの時期、子供たちは子供たちなりに、また別の飢えを感じている。友人、勉強、本などへのその飢えは、成長と成熟の栄養分になるはずだ。

　ひととき止まっている時間、私は我が子の成長をこの目で確かめている。母親として、市民として、自分もわずかに成長した。生命の危機を感じる不安や、いくつかの政争が渦巻く新型コロナウイルスの長く暗いトンネルのまんなかで連帯と犠牲の希望に出会い、いまはその先に日常の光を見ている。

　卒業式のときに買った制服は、クローゼットにしずかに下

がったままである。体と心が一段と大きくなった子供が、おろしたての香りがする糊のきいた制服を着て、溌剌と玄関を出ていくことができるよう、祈っている。

マスクなしの生活を夢見る

パク・ソナ 就職活動中、慶北大学国文科卒業生

　マスクをせずに外出する夢を見た。マスクをしてこなかったと気づいた瞬間、洋服の袖ででも顔を覆うことを考えたけれど、思い通りにはいかなかった。行き交う人々の射るような眼差しを浴びて、おろおろするうち夢から覚めた。夢は無意識の通り道だと言う。ついに、マスクなしに外出する夢は悪夢となったのだ。

　今年の旧正月休みはやたらと早く過ぎた。大学の卒業判定を待ちながら、実家で家族とともに新年を祝った頃の大邱は、まだ平和だった。感染者は1人、2人と増え始めていたものの、私とは別世界の話だった。街中は変わらず賑わっていた。大勢を接客する店の店員でもなければ、マスクをして歩く人などほとんどいなかった。卒業式への出欠を問うメールに、私は、出席すると返信した。

　卒業式は、2月21日に予定されていた。卒業証書、角帽、学生マント。最初で最後となる学位授与式に、少しばかり浮かれていた。

　異変が起きたのは18日。大邱で、31人目の感染者の発表があってからだ。すぐその翌日から爆発的に感染者の数が増加していき、卒業式の2日前に式取り止めのメールが届き、何かが狂い始めていると感じた。状況は、刻一刻と変化した。他の地域に住む友人たちから、安否を気遣う連絡が来た。寄宿舎にい

た友人は、大急ぎで荷物をまとめ実家に帰って行った。

　卒業式が中止となり、卒業証書をもらいに行った学校はがらんとしていた。事務室で消毒済みの学生マントと角帽を貸してもらい、マスクをしたまま卒業写真を撮った。乗客もまばらなバスの中、信号で停止するたびに車内に消毒薬を撒く運転手さんを見て、不安が募った。

　マスクは日に日に不足していく。外出をできる限り控えてみたものの、使い捨てマスクを使い捨てにできない日が続いた。休業や営業時間短縮を告げる貼り紙をしたガラスの扉がしだいに増え、どこへ行っても手指の消毒剤が置かれていた。感染者が来店したという理由で営業を止め建物ごと消毒するところも出てきた。誰かが咳をすると、みんな敏感に反応した。いつの間にか、昨日より増えた数字をきりもなく羅列するニュースに慣れてしまった。近所の誰それが感染したらしい、どこそこへ行ったらしいという、不安を煽る噂が飛び交った。収まる兆しは見えなかった。

　2月には、3月になれば収まるだろうと思い、3月には、4月になって気温が上昇すれば日常が戻って来るだろうと考えた。ところが、のんきな予想をあざ笑うかのように、新型コロナウイルスは世界中に広がった。上昇した気温は、感染の速度を抑えるどころか、マスクで息をするのが苦しくなった。日を待たず届く悪い報せに、携帯電話が鳴り続ける。ソーシャルディスタンス推奨期間は繰り返し延長された。

　就職活動をスタートしようという時期なのに、こんな状況では足を踏み出す場所すらない。卒業する前から就職難は社会問題になっていたけれど、今のように距離を取りながら、どうやって社会生活をするというのか。国または地方自治体が実施する技術資格試験〔司法試験、公認会計士試験など〕が延期された

のに続いて、基本スペックと認識されているTOEICですら、複数回取り止めになった。公務員試験も延期、企業の公開募集も次々と延期された。就職活動に関するプログラムや教育も当然ながら延期になった。

　計画を立てること自体が無意味だった。いつになったら収束するのか、誰も予測できない。いつまで人との距離を取らねばならないのかさえ推し量ることのできない今の状況で、スペックを上げることはできるのか？　試験は、面接は、数多の障害物を掻き分けて就職できたとしても、通常通り出勤できるのだろうか？

　企業の人事担当者に対面して意見を聞く、企業の採用説明会も中止またはオンラインに変更された。新卒社員の採用枠は縮小され、今期は見送りとする企業も出てきた。上半期の採用がなくなったに近い状態で、下半期の募集に就活生が押し寄せ、競争率は歴代最高を記録するだろうと予測されている。それでも、これらはまだ、楽観的な予測に過ぎない。下半期に、企業の採用活動が正常に戻っているかどうかは、そのときにならないとわからないのだ。スペックを上げることすらできない状況で、いたずらに1年が過ぎる可能性だってあるのだ。

　魔法のように一瞬で病気が完治するとしても、その後も順調とは限らない。新型コロナウイルスが世界の問題となった今、大恐慌が始まるかもしれないと思うと、頭の中がややこしくなる。すでに売り上げが底を打って倒産する会社も出てきているのに、健康上の心配はなくなったとしても、企業側に実務経験のない新卒者を採用する余裕はないだろう。病気にかからないか、私が周囲の人を感染させやしないかという心配に加え、その先に待つ就職活動の見通しも立たず恐怖が倍増する。

　感染者の状況を検索するのが習慣になった。地域別に、きれ

いに整理されたグラフの中で、大邱が抜きんでている。他の地域の10倍にもなる棒グラフを見ていると気持ちが乱れる。大邱で1人目の感染者が宗教団体「新天地」の信者で、そこから二次感染者が増え続けているといったニュースを最初に見たときは、見ている自分の目が信じられなかった。大邱という、盆地にできた都市が、伝染病の湧く凹地にでもなったようだった。

それでも、みんながそれぞれの持ち場で最善を尽くした。「新天地」の信者全数調査に続いて、感染者の動線把握、検査に至るまで、迅速に進められた。バランスをとるように、自分勝手に振舞う人と同じ数の人が、或いはそれ以上の人々が、ともに危機を克服しようと力を合わせた。不足しているマスクをかき集め寄贈して自宅で隔離状態となった人を助け、医療スタッフと疾病管理本部は昼夜を分かたず働いた。不便さに文句も言わず、自発的に自宅待機を始める人がいるかと思えば、委縮した市場経済をよみがえらせるためにアイデアを出して実行する人も現れた。

今では、大邱は、幾何級数的に感染者が広がった初期に比べ、それほど危険な状態ではなくなった。マスクの供給も落ち着いている。一日の感染者数もしだいに減りつつある。国家的危機に直面するときはいつもそうであるように、フェイクニュースや噂話に振り回されて怯えたけれども、日常を取り戻せるかもしれないという希望を抱けるようになった。新型コロナウイルスも、怪しげな新興宗教による伝染病の拡散も、そのせいで大邱が大きく揺れたことも、就職活動も、どれもみな初めての体験だけれど、予測できないことや危機的状況はいつの時代にもあった。そのたびにそうしてきたように、いつか道はみつかる。一日も早く、マスクをせずに外出できる日が来ることを夢に見ている。

銀行員が直面した春の日のウイルス

ペ・テマン 国民銀行慶山工団総合金融センター　副センター長

　ウイルスは、一瞬ですべてのものを立ち止まらせた。まもなくやってくる春を、そわそわして待ち望んでいた頃だった。生物ではない、かと言って微生物でもない、無生物に近いウイルスが、あらゆる日常を麻痺させるとは、まさか思いもしなかった。

　2020年2月18日、大邱で初めて新型コロナウイルス感染者が出たというニュースはすぐに広まった。1人目の感染者の動線を追跡した結果、宗教団体の中で集団感染が起こり拡散してしまっていることが、後にわかった。そのときまで全国でも30名に過ぎなかった感染者数が、いきなり数百名に増えたのだ。当然ながら全国民の関心事となり、懸念材料となった。人々は、疾病管理本部のブリーフィングに注目し始め、日に日に急増していく感染者数と、急カーブを描く二次関数のグラフを見て、ウイルスの驚異的な感染力を実感し、不安と恐怖に包まれた。メディアは連日大邱に注目し、大邱の住人からは、よりにもよってなぜ我々の地域なのだという嘆息が漏れた。陽性と診断された人は、指定された病院の陰圧室に隔離され、行動経路が公開され、感染者が立ち寄った場所は閉鎖された。一般の人たちも、誰が感染しているかわからないという思いから、外出や人との集まりを自粛するようになった。外へ出る際は、誰しもが予防のためにマスクを着用し始めた。他人に迷惑をかけては

ならないという、地域の人々が潜在的に持つ意識が働いたのだ。

　国内で新型コロナウイルス感染者が急増すると、2020年2月23日、危機警戒レベルが「警戒」から「深刻」に引き上げられた。私が勤務する銀行でも、職員と顧客を感染から守るため様々な対策を講じた。銀行では、まず、職員が営業時間に着用するマスクを配った。営業の第一線にいる職員は、業務上、訪れる顧客と対面して接客し、事業所を訪問してマーケティングを行ったりするので、互いに感染しないよう一層の注意が必要だった。終日マスクをしたまま接客する窓口の職員は、息が苦しいだけでなく顧客との対話がやりにくいと訴えた。片や金融市場の動きも激しくなったので、個人投資家からの問い合わせにいちいち応対せねばならず、ストレスを感じる状況が続いた。

　2月末には大邱の支店職員が感染し、同支店の全職員が14日間の自宅待機となり、支店は防疫のため一定期間閉鎖された。インターネットの発達で、銀行も対面で行う業務の比率がずいぶん減ったとはいえ、まだまだ窓口に直接やって来る顧客の需要も多く、感染への不安は一日中続く。こうした不安を受けて、3月2日からは大邱、慶尚北道地域にある全銀行に対し、開店および閉店時間をそれぞれ30分ずつずらして営業時間を短縮し、感染リスクを減らそうとの方策が実行された。銀行の内部では、職員の体調確認を毎日2回（午前10時と午後4時）行い、職員同士で濃厚接触する相手を登録させて感染者が出た場合に備えた。銀行を訪れる顧客に対しても、マスク着用の確認および赤外線体温測定器を使っての発熱チェックを実施した。窓口には顧客と職員の間に透明のアクリル板も設置した。団体行事はもちろんのこと、出張や対面での会議も原則禁止となった。会議

を行う必要があれば、ウェブ上で開いた。今は営業より皆の安全が第一だという意識が広がっている。

　金融業界の第一線である銀行の支店に勤務しているため、金融市場の様々な指数にもつねに目を向けているが、かつて見たこともない指数の動きに驚く。このような金融市場の変動は、実体経済の衝撃を予想して起こる。実体経済が委縮するのを懸念して2月の初めには2,000を軽く超えていた韓国総合株価指数が、3月下旬には1,400にまで、約30%急落する状況となった。株式市場では連日、外国人投資家と機関投資家が株を売り続けた。韓国銀行では、3月16日、電撃的に基準金利の0.5%引き下げを行い、過去最低の0.75%とした。3月19日には、高騰する為替レートの安定を目指し米国と通貨スワップ協定を締結、26日には流動性供給を決定するなど、持続的な経済安定化策を発表した。景気沈滞を憂慮してか、一部の企業の財務担当者からは、流動性を確保するための追加融資可否を問い合わせる電話も頻繁にかかってきた。大邱市と慶尚北道行政当局では、新型コロナウイルスによって被害を受けた零細自営業者のために信用保証財団を通じて年1.5%という超低金利で一定額まで借りることのできる信用保証書を発給し、銀行から融資を受けられるようにした。小商工人市場振興公団〔在来の市場や商店の活性化を支援する機関〕では、信用等級の低い自営業者に対し1千万ウォンの経営安定資金を年1.5%の金利で直接貸し出し、信用等級1から3にあたる比較的等級の高い企業は銀行で対応するようにと案内している。銀行内部では新型コロナウイルスの被害を被った中小企業や自営業者への融資に対し6カ月間の期間延長および元利金返済猶予を支店だけで決定し処理できるようにした。銀行へ融資の相談に訪れる小規模事業体の経営者を見ていると、災難に直面したときに経済的弱者が被る苦難

は、一層大きなものだと切実に感じる。

　2月中旬から、感染予防として手洗いの徹底、マスクの常時着用と合わせて、ソーシャル・ディスタンシングを皆が一斉に励行している。初めのうちは、退勤後に家で過ごす時間が増え、読書など余裕のある時間を過ごすことができたのだが、日が経つほどに、なぜか心理的孤立感が大きくなってくる。平常時に当たり前だった人との付き合いが懐かしく思われた。互いに顔を合わせて交わす喜びの表情や握手、日常のちょっとした会話などが、我々を生かしてくれていたのだと気づいた。

　大邱において新型コロナウイルスが発生した当初、全国民から冷たい目で見られたときは、大邱のイメージが否定的なものに歪曲されたと腹が立ったが、医療スタッフの献身的な奮闘と市民の自発的な協調のおかげで安定的に管理されている様子を見ると、本心から良かったと思う。中国、イタリアそして米国において急増する感染者の数や、まともな対処すらできていない現地の状況と比較してみるとき、我が国の医療水準と大邱市民の成熟した行動は、きらきらと光を放っているようだ。このように、危機というものは、物事の本質を暴いて見せることがある。危機が訪れたときに暴かれる我々の姿が美しくあるためには、私と、私の属する共同体をはたしてどのように磨いてゆけばよいのだろうか。多くのことを考えさせられる。

コロナ時代の愛し方

ソ・サンヒ クレテック（CRETEC）コミュニケーションチーム部長

　「私は、彼女が一人で苦しまずに、私たちみんなが彼女の
苦痛をともにするために、彼女の苦痛の一部を受け止めな
ければいけないのではないかという気持ちにとらわれるこ
ともあった。でも、そんな言葉を彼女にかけることはでき
なかった。なぜなら、私自身もそのすべてがはっきりとわ
からなかったからだ」

　愛する人の苦痛を一緒に分かち合いたかった主人公の気持ち
がわかる一節だ。1856年に発表されたマックス・ミュラーの小
説『愛は永遠に』[1]。病弱なマリアを毎日見舞いながら、死と身
分を越えて愛することが「自我」をどのように成熟させるかを描
いている。それから160年あまりが過ぎた2020年、私たちは愛
に不器用なまま、感染の恐怖に直面してしまった。

　2月18日、スーパー・スプレッダーが出たことで、世界中が
コロナの恐怖に突き落とされた。その前日の17日は、今とは
まったく違っていた。会社が支援している、とある学校野球
チームの子供たちとの夕食会があった。坊主頭の中学生たちと
わいわい騒ぎながら肉を焼いて食べ、この春に開かれる大会で
は1位を取ろうと、何度もサイダーのグラスを掲げて「がんば

1）1953年に角川文庫より相良守峯訳が刊行されているが、本書での引用部分は韓国語か
ら訳出した。

れ」を叫んだ。何かをやってみようとする決心、それだけでも、その日の夕食は活気に満ちていた。子供たちの汗の匂いがまだ消えていない翌日、世界ははっきりと変わってしまった。コロナ感染者の爆発の兆しが見えるとすぐに、予定されていた集まりが中止され、携帯メールに中止や延期の知らせが押し寄せた。大邱市の朝の会見に神経をとがらせ、感染者が100名、200名を越えた時、私たちは言葉を失ってしまった。その一週間がどうやって過ぎて行ったのか、よく思い出せないほどだ。

その週末は、やはり以前と違っていた。人々は外で遊ぶ代わりに家の中で身をすくめていた。がらんとした大邱の街ばかりが連日ニュースに出た。私は、離れている子供と、気をつけろというメールをやり取りしながら、週末の昼間のほとんどの時間を過ごした。日が暮れる頃、マスクをつけて家を出た。当時は、空気中の粒子すべてにコロナウイルスがいると思っていた時期だった。子供は外に出るなとあわただしくメールを送った。玄関のドアを開けると消毒の匂いが襲ってきた。マンション自体を消毒したのだ。「お前はすでに隔離された」という化学的なシグナルが鼻先に上がってきた。

車を運転して通りに出た。街は驚くほど静かだった。世紀末の風景はこんな様子なのだろうか。ウィル・スミスが映画の中で、地球最後の日に一人で残って、別の生存者を探していた姿がオーバーラップして、突然わけもなく涙があふれ出した。いま考えても、なぜなのかわからない涙だ。以前と変わった都市の姿の前で、自分の暮らしていた空間が消えてしまったような虚脱感や絶望感だったのだろう。まさに、長くつきあった恋人と別れても悲しくない気がしていたのに、いざ離れた後でわかるようになる、燃え尽き症候群のようなものだろうか。

本を読むのによく立ち寄ったカフェ、子供の牛乳を買いにド

アをくぐったスーパーマーケット、沸き立つ油の匂いがあふれていた揚げ物屋、ヘップバーンのスカーフのような、小さくてかわいい物ばかり売っていたアクセサリーショップ、かんながけに取りかかっていた木工房、こういった生活の証がすべて静止画になった。たくさんのおしゃべりと笑いがすべて消えた。時には私を笑わせたり泣かせたりしていた、くしゃみのような軽いエピソードさえ、大気の中に蒸発してしまった感じをどう表現すべきか。今までしてきたすべてのことが止められ、人生の歴史が剥製になってしまった都市は、悲しみを越えて恐怖に近づいた。

　「人に訪れる最初の恐怖は、神から捨てられることだ。だが、日常生活はそういう恐怖を追い出す。すぐに、神の姿をまねて創造された人間が、孤独に疲れた私たちを慰めてくれるからだ。しかし、人間の温かい慰めや愛が去ると、私たちは、神と人から捨てられたのがどういうことなのかを、骨身にしみて感じるようになる」
　　　　　　　　　——『愛は永遠に』「三番目の回想」から

　もしも、これから生きていくなかでまた誰かのことが憎くなったら、あの日のあの街の寂しさを必ず思い浮かべることだろう。人の声や匂いがどれほど必要なのか、適度な騒音や都市の躍動感が自分の人生をどれだけ押してきたのか、ようやく私はわかったから。
　会話さえも控える日が続くにつれて、その代償のように人がさらに恋しくなった。そうするうち、つきあいのあった人たちは、私が大邱にいるという事実だけで、メールや安否確認の電話をしてきた。「大丈夫？」のひとことの力は大きかった。だか

ら、私も知り合いに、大丈夫かと逆にメールや電話をした。ささいなことの力が大きいという原理を、大人になってかなり経ってからようやく知ることになったので、不器用で半人前のまま、こんなふうにでも生きてきたことが幸せなんだなと思った。

公的マスクが販売される初日、会社前の薬局にいる薬剤師のおばあさんの、同情のこもったまなざしも忘れられない。店に入ってきょろきょろする私に、「マスク？」と先に聞いて「ここにあるよ。これ持ってきな」というジェスチャーをしたのだが、その何気ない動作がとても温かく感じられた。他人のつらさに気づき、もう少しだけ忙しく体を動かせることこそ、同じ時代を生きていく人たちの、最小限の連帯意識なのだろう。

私はそれほどまでに、日ごとに落ち込んでいった。初めて人が見え、その心が見え始めた。仕事の上で知り合った人たちを、単にビジネス的な関係だと思っていたが、自分が先に線を引いて、冷たく接していたのだということもわかるようになった。

　　「人という存在は、なぜ自分の人生を遊びのように眺めるのだろうか。今日という日がこの世で最後になるかも知れないし、時間をなくしてしまうのは、すなわち永遠を失うことなのだと考えず、なぜだか人々は、自分が行える最善のことや、楽しめる最高の美しさを、日々あと回しにしているというわけか」

——『愛は永遠に』「七番目の回想」から

小説『愛は永遠に』が、愛をテーマにしたもう一つの作品『若きウェルテルの悩み』と対比される点は、まさにこの視点だ。激しい感情に勝てずに自殺で生涯を終えるウェルテルより、愛す

る人を見送っても、この世に残っている人たちにさらに大きな愛を昇華させられることこそ、人間のできる一番美しい善だからだ。

　私たちはいま、愛するためにこの都市に残った。少なくとも私はそう考えることにした。自分の子供のおかずを用意しながら、感染の恐怖の中にあって家族に問題がある子供どもたちを思い浮かべてみる。彼らを援助する活動家たちに感謝することもできるようになった。理念が左右で違っても、見るニュースサイトが違っても、自分の横で一緒に息をしているだけで十分にいとおしいということもわかるようになった。人が花より美しいということは、大邱で今回証明された。だからあえて言おう、わが町、大邱、元気を出せ。「ずっとずっと愛してるよ」そう言いたくて、遠い異国の愛し方まで引用し、前置きを長くして、私はお前の前でうろうろしているのだ。

灯りの消えた部屋

ウ・ナミ 文化観光解説士

「部屋」に灯りがつかない。いつもは百人ほどが出入りする部屋が暗いのは、目に見えない奴——インターネットの扉を開くパスワードのようにアルファベットと数字を組み合わせた「COVID-19〔新型コロナウイルス〕」——が圧力をかけたからだ。その威力はとても言い尽くせない。解説士仲間で作っているSNSのグループトークルームだけでなく、大邱を、さらには韓国を、ガチガチに凍らせた。

解説士への伝達事項はすべてスマートフォンを通じて届く。観光案内所の勤務配置、解説予約の受け付け、ユニフォーム作るための色選び、ファムツアー〔旅行会社やメディア向けの視察ツアー〕申請や日誌の締切日、案内所の物品受領案内などなど……。他のトークルームは新着メッセージの表示が穏やかなペースなのに対して、解説士のトークルームは頻繁に届く着信通知が賑やかすぎるので、しばらく放置してしまったりもするぐらいだ。それなのに、新型コロナウイルスの波紋が広がるにつれて、メッセージの着信音が聞こえてこなくなった。

去年は遊ぶ間もなく働いたので、ずっと疲労を引きずっていた。けれども、疲れてだるい時にだけ体調不良になるのではなく、持て余すほど時間があってもなることを今回知った。忙しくて本を読む時間がない、文章を書く時間がないと言い訳を

していたあの頃がうらめしいほどになった。仕事をしないから食欲がない。意欲を喪失し、何もかもがつまらないと感じ、存在感さえ失って憂鬱にさえなる。仕事ばかりしてもだめ、だからといって仕事がなくてもだめ。仕事と休みのバランスをうまくとらなければいけないということを、身にしみて感じ始めている今日この頃だ。歳をとっても自分で歩き回れる限り、仕事はやらなければならないようだ。

　かつて、ツアーに参加された年配の方にこんな話をした。
　独立した子供たちがやって来て、これまで苦労したのだから何もせずに休んでくださいうのは早く死になさいと言っているようなものだ。無理をしない程度に暇つぶしを見つけておやりなさい。仕事があるからこそ健康でいられ、存在感が生まれるのです、と。
　自分でしたその話が、他ならぬ私自身に鞭を入れてくれた。庭の草を眺めながら、なぜこれまでそのことを考えられなかったのかと、ぱっと立ち上がった。
　新型コロナウイルスとの戦争は、社会的距離を維持して外出を自粛し、清潔さを保つことをきちんと行えば終えることができるが、雑草との戦争はこれまでも毎年繰り返されていた。庭にトウガラシ、キュウリ、ナス、サンチュを植え、伸びる雑草に耐えきれずイチゴに入れ替えた。イチゴのランナーが広がる勢いに圧倒されて雑草が伸びられないだろうと思ったからだ。だが、私をあざ笑うかのように結果は正反対だった。雑草の繁殖力のせいで、逆にイチゴが生える場所をなくしているではないか。
　我が家の花が咲いては散る様子は路地からもよく見える。ナシの花や牡丹、ライラックのような春の花だけでなく、タニウ

ツギ、ザクロ、クチナシの花が、道行く人の目を引いている。門もないので、いつでも見てもらってかまわない。でも、花を見るだけではなく、庭の草も目に入ってしまう。敷地に生い茂る雑草を放っておいたら、近所の噂の種にされるかも知れない。それが嫌だった。

　一旦イチゴを引き抜いてからビニールシートの中にイチゴを植え替えようと、シャベルで掘り返した。夫からは、腰が痛いという人が無駄な仕事をしていると批判ばかりされ、まったく手も貸してもらえなかった。少しでも無理をするとすぐに腰がサインを送るので、猫の額のような庭でも運動場のように広く思えて手に負えなかった。

　3月初めなのに、もうホトケノザの花が咲き、カタバミもだいぶ伸びた。シャベルを使っても手に負えず、鍬に変えてみたがあまりに重いので、奮闘しながらも軽いホミ〔手持ちの鍬〕で掘ってからまたシャベルを使って作業を進めた。何事も普段から行っている人がうまくできるという通り、シャベルで掘るのも誰もができることではなかった。息は切れるし、腰からは痛いからもうやめてというサインが届くので、ついに身動きができなくなってしまった。一日働いて一日横になり、また一日働いて二日休まなければならない。2、3時間程度で終える仕事を3回に分けてやろうとしたところ、一週間かけてやっと終えることができた。それでも、草を抜かなければならないという大仕事を減らせたので、腰は痛いが気持ちは満足だった。

　新型コロナウイルス――その言葉を聞くだけでも鳥肌が立つ。テレビや新聞はコロナ一色に塗られたようになり、灯りがつくべきトークルームには依然として全く書き込みがない。別のトークルームでは、知りたくもないコロナのニュースをリア

ルタイムで伝えてくれるものもある。ありがたいというよりう
んざりで嫌気がさし、すぐに削除するのだが、頼むから送らな
いでと叫ぶこともできない。ニュースをシャットアウトするた
め、目をつぶり耳もふさいだ。関係機関から一日数回届く安全
確認メールは、社会的な距離を維持して外出を自粛するよう要
請している。その要請に反旗をひるがえした。聞き分けのいい
子供のように家にいるだけでは、息が詰まって倒れるような気
がしたからだ。ピンチをチャンスと考えるという話のように、
この時でなければいつになるかわからないので、調査に行くこ
とにしたのだ。

　目的地は、道東書院をはじめユネスコに登録された9つの書
院〔朝鮮王朝時代の教育機関〕のうち、行ったことのなかった全羅
道長城郡の筆岩書院と、井邑市の武城書院だった。そっと出か
けてこようと出発したものの、道中ずっと、コロナで規制対象
地域になった大邱から来たということがわかったら出入りを制
限されるかも知れないという心配が頭から離れなかった。だ
が、杞憂に過ぎなかった。駐車場は空っぽだった。しばらくの
間駐車していても、自分以外の訪問客はいなかった。幸いなこ
とでありながらも、心苦しい気持ちが消えなかった。

　どんどんと経済が悪化している。大邱は主要産業だった繊維
業が不況に陥って以来、観光産業に重点を置いてきた。だが、
新型コロナウイルスによって、一日に数百人が訪れていた都心
の近代路地は空っぽとなってしまい、西門市場も、大邱のダウ
ンタウンの東城路も例外ではない。きっと、息苦しさに耐えら
れない市民はマスクをして、オープンな空間の道東書院や、沙
門津〔洛東江に面した渡し場で有名な観光スポット〕、ソンへ公園〔大
邱の南西にある玉淵池を囲む公園〕を訪れていることだろう。

花咲く春だ。あちらこちらで花が早く来いと手招きしている
のに知らんぷりはできない。灯りの消えた解説士のトークルー
ムも、メッセージの着信音とともに明かりがともるようにな
り、文化遺跡で元気に活動できるその日が早く来ることを願っ
ている。

新型コロナウイルス、
私のガリラヤ[1]を探して

ウ・ウンテク 大邱平和放送プロデューサー

　新型コロナウイルスは私の日常に多くの変化をもたらした。なかでもマスクの譲り合いと放送局での生活の変化は特別だった。

　4月12日の復活祭の日の午後、YouTubeでミサの生中継を見てから、もどかしい気持ちで近所の散歩に出かけた。その帰り道で偶然、向いのアパートに生えている数本の木が目に入った。窮屈なコンクリートの中で生命を感じさせてくれたあの木のように、新型コロナウイルスは今まで何気なく通り過ぎてきた人間関係、文化、そして世の中と自分自身を、違った視点から見つめ直させた。

　マスク騒動が起こった2月末、ソウルで働くカトリック平和放送の後輩プロデューサーからメールが届いた。必要ならば自分の手元にあるマスクを譲るという内容だ。マスク騒動の中で家族の健康も心配だったため、私は恥も外聞もなく喜んでその申し出を受け入れた。そんな中、3月中旬頃になると全州に住む別の宗教放送局のプロデューサーからも、大邱に住む私が心配になったからマスクを送るというカカオトークが届いた。そして数日後、マスクとともに「大邱にいる我が友ウさん、頑張って！！！　苦難はすぐに通り過ぎるよ。全州のキム・サウンか

1）現在のイスラエル北部とヨルダンの一部。ナザレのイエスが宣教を始めた場所。

ら、ほんの気持ちです」という自筆の手紙が宅配便で届いた。

　こんなふうに、新型コロナウイルスは人の情を感じさせ、別の地域に住みながらも互いを理解し気遣う心、隣人と友人を思いやる心を持たせてくれた。

　ラジオ放送と同様に、テレビや映像の仕事をする人たちも新型コロナウイルスによる厳しい制作環境の中で苦しい時間を過ごしたはずだ。そして現在も苦しんでいるはずである。私が担当する週末のラジオ番組も、スタジオ収録や外部パネラーのゲスト出演は自粛し、ソーシャルディスタンスに協力する観点から、2週間ほど放送を中断した。しかし、いつまでも放送を中断するわけにもいかないため、最近はオーディオメディアの特性を生かし、電話を利用した放送を行っている。もちろん対面放送に比べれば確かに伝達力が落ちるのだが、専門家やパネラーが共有したいと思う内容はきちんとリスナーに伝えられるのでありがたい。

　このようにラジオ、テレビ、YouTube の映像が、聖堂でミサを行うことができない多くの信者に対し、新たなコミュニケーション窓口としての役割を果たしていることも事実だ。

　気づけばラジオプロデューサーとして働き始めて24年。これまで何度か番組制作で受賞もしており、それなりに地域社会の共同善のための努力をしてきたつもりでいたが、今回の新型コロナウイルスは、放送を担う自分自身を改めて振り返るきっかけになった。「果して自分は人間関係や地域同士の関わり、文化交流において、何かしらの関係構築に寄与してきただろうか」。そう省察するようになったのだ。

　幸いにも、私は新型コロナウイルスが発生する前からそれなりにソーシャルディスタンスを実践していた。特に、仕事帰りの飲み会はしない、昼食は一人で食べるといった実践だ。心身

の健康を気遣い、不必要な交際を減らすために、どうしても行かなければならない時以外は酒の席にも参加せず、自ら席をもうけることも自粛してきた。しかも私は最近まで午前11時の番組を担当していた。そのため、生放送を終えて片付けを終えた頃には12時を過ぎているので、そのまま一人で昼食を食べにいくことが多かった。自ら「ひとり飯族」になったのだ。日頃から鍛えていたおかげ(?)なのか、新型コロナウイルスが迫るなかでも、私自身は思ったほどコロナブルーを感じていない。

　だが、ソーシャルディスタンスが新型コロナウイルスを口実に隣人に対する心まで閉じさせているのではないかという点については、きちんと観察する必要がある。聖堂に行くことができない信者がテレビやラジオ、YouTube という代替案を見つけ、つらい時間を癒し自らを慰めているように、新型コロナウイルスは私たちが享受してきた当然のことが、当然とは限らないのだという警告を与えた。新型コロナウイルスの治療とマスク騒動を通して公的システムの大切さを痛感し、一日中マスクをして仕事をすることで、息をするための空気ですら貴重なのだということを実感した。

　こうして私たちは、自分たちが生態環境とつながっていて、隣人が病気になれば共に苦しまざるを得ない共同運命体なのだということを特殊なかたちで経験している。私たちはここで、これまで自然や人々とどれほどの疎通や配慮をもって生きてきたのかを振り返らざるを得ない。現在、アメリカやヨーロッパ、日本などで新型コロナウイルスの状況が悪化している。ひょっとするとソーシャルディスタンスやマスクの使用は今後も長く続くかもしれない。今、私は「韓国の状況が良くなっただけでは完結しない問題なだけに、世界共同体についても敏感になるべきではないか?」とも考えている。

これからどんなことが起きても怖がらずにいよう！　新型コロナウイルス以上に困難な状況に直面したとしても、生命を見つめなおし、落ち着いて対処していけると信じよう。この状況下で私たちがしてきたように、真っ先に隣人を思い、配慮し、共同体を信頼して生きる知恵さえあれば、乗り越えられるはずだ。私たちには互いを信じる心があるのだから。

学校図書館での幸せな時間を待ちながら

イ・クムジュ 大谷中学校司書

　本！　本！　本！　本を読みましょう。

　校門の前で生徒にチラシを見せながら、にぎやかに騒ぐ声が聞こえる。最初は恥ずかしがっていた子も、すぐに校門前での図書館宣伝に慣れて、登校する友達とあいさつする余裕を見せる。図書部員たちは、3月になると学校図書館を紹介し、本の日を周知するために、忙しく動きだす。2019年の校門前の図書館宣伝を撮影した写真を見ていると、砂の城のように突如として消えてしまった日々が恋しい。

　新学期になると早めに登校して子供たちと一緒に校門前で図書館を宣伝する。学校の心臓は図書館であることを周知する重要な仕事だ。本の日を皮切りに5月には達西区ブックソリ祭り、6月には人文学読書チャリティー・ハンマダン大会、7月には著者との出会い、8月にはブックトークの準備、9月には読書月間（ブックトークの紹介）、10月には文学紀行、11月には「人文学の古典を読む」を行い、12月は読書討論で締めるというのが年間の計画と運営内容だ。すべての活動において、用意するものは「本」。本に始まり本に終わる長い旅である。

　そこに加えて春、夏、秋、冬に出されるニュースレターはボーナスだ。「本は人を作り、人は本を作る」という名前のニュースレターは、学校のホームページと教室に掲示され、様々な本の紹介と学校からのお知らせを載せている。2019年の

冬には、図書館のニュースレター公募展で受賞もした。この10年間のニュースレターの変遷史と学校図書館の歴史とともに自分自身をも振り返るきっかけになった。2019年を振り返ると、本を通して子供たちと一緒に知的活動ができる学校図書館の司書でいられて幸せだった。

　2020年3月を終えようとしていたある日、学校の塀から花のかぐわしい香りが私に届いた。校門の前には「関係者以外立ち入り禁止」という横断幕が掲げられている。子供たちのしゃべり声とざわめきがない静かな3月の学校が、図書館が、ぎごちない。冬眠していた学校図書館は、3月になると背筋を伸ばしてうす緑色の新芽を準備する。本の展示や紹介で子供たちに足を止めさせる。

　図書館も小学校から中学校に進学した新入生を迎える準備で忙しい。1年生は、よその家を訪ねるように、ためらいがちに図書館のドアを開けて入ってくる。こちらから笑顔で「こんにちは、いらっしゃい」とあいさつすると、にっこり笑って応える。ぎこちない様子だが、小学校時代に足しげく出入りしていた図書館を忘れることなく訪ねてくれるのは嬉しいし、かわいくもある。在校生たちも素通りはできず、笑顔くらいは見せてくれる。これらすべての瞬間が津波のように過ぎ去る。いつもは繰り返される3月の慌ただしさに苦しんでいたのに……。

　冬休みに始まった新型コロナウイルスは、春の足音を聞いてすくっと目覚めなければならないはずの冬休みを、ぎゅっとつかんだまま放してくれない。新型コロナウイルスのニュースのせいで始業が延期され、生徒たちの登校が中止されるとは夢にも思わなかった。通りすぎるバスのように、私たちの近くで「バ

イバイ」と叫んだら、すぐにいなくなると思っていた。否定したくても、空っぽの学校と静まり返った図書館が現実に引き戻す。「2020年に計画・準備した活動は実行できるのだろうか」という考えが頭をよぎり、心がざわつく。

　学校図書館は構成員の誰もが利用できる公共施設だ。生徒や教職員、保護者も訪れる。つらいときに慰めとなる一文の意味を知る者や本当に本が好きな者だけが訪れるのでなく、教科の授業でも使われる。消毒と防疫の問題もある。「ホコリをはたいて、虫を除去しなければならない。日差しの良い日は干さなければならない（『ジョンミン先生が教える古典読書法』　40頁）」。李氏朝鮮時代の思想家である朴趾源の本に対する姿勢に出てくる一文だ。

　朴趾源のように図書館の蔵書2万冊を1冊ずつ広げ、運動場に干して消毒し、日光浴をさせたい。本の虫を捕まえるとは想像するだけでも楽しそうだが、学校は許さないだろう。昨年400万ウォン近くかけて購入した本の消毒器が1台あるのだが、そこに一度に入れられる本は2冊だけ。生徒たちが本を借りるとき、消毒器の前に列をなすことになるだろう。今回のことをきっかけに全体消毒をして、消毒薬と手袋も用意する。それと同時に家で読むのにお勧めの図書リストを作成して、学校のホームページに掲載し、生徒たちに提供する。インターネット上に無料で提供される電子書籍、オーディオブック、紙の本の情報を伝えて読書キャンペーンをし、討論活動はできなくても、インターネットを利用して賢い読書を開始しようと思う。コロナのために多くをあきらめてはいるが、本を読んで本の中に楽しさを書き記す活動は誰にも奪えない私の大切な記録であり、花であることを記憶する4月だ。

軍人と民間人の境界

イ・ヨングォン　4月6日　除隊軍人

　初めて新型コロナウイルスの深刻さに触れたのは、社会や学校、職場ではなく、ほかならぬ軍隊でだった。休暇を2日後に控えた2月の終わり。安全地域といわれていた大邱で一気に感染者が増え、除隊前の最後の休暇以外は外出が全て統制された。私はそのとき、最後の休暇まではまだあとひと月ほど残っていた。休暇だけを楽しみにしていた無数の同期、後輩たちも、みんな歯ぎしりしながら涙を呑んだ。一週間後に母親の大きな手術があり休暇に入る予定だった小隊の後輩も休暇を制限され、隅でこっそり涙をぬぐっていた。

　新天地イエス教会から毎日大量の感染者が出たとき、大邱にいる家族のことがとても心配だった。母と兄と電話をするたびに、母は言った。

　「ねえ、PX〔軍隊内の売店〕でマスクは売ってないの？　大邱は危ないから、短期下士官でも志願して、もうちょっとそこにいることはできないの？」と。これはちょっと大げさだ。除隊の日だけを心待ちにしているのに。それに、家族が危険にさらされているのに自分だけ軍にいるわけにもいかない。

　新型コロナウイルスは部隊内の生活にも多大な変化をもたらした。朝の点呼と日課前の集合を終えたら、いつも小隊から2〜3人ずつ駆り出されてラックス〔塩素系漂白剤〕を水で薄めて兵舎全体を消毒し、本来なら月に一度程度だったトイレ、風呂場

などの消毒もひっきりなしに行われた。ただでさえ繰り返される日課にストレスを受けていた同期、後輩たちの口からは常に汚い言葉があふれ、暴言、罵言を厳格に禁止する軍隊内だが、その時ばかりは幹部も大目に見てくれた。

　体温測定も朝に1回、夜の点呼前に1回と、毎日計2回行われた。コロナウイルスの基準値といえる37.5度を超える者がいれば、部隊では外の病院での検査を積極的に勧め、車を待機させておいて随時、国軍江陵病院を行き来した。すぐに収まると思っていたコロナウイルスは日を追うごとにどんどん深刻になり、幹部の外出も全面的に統制された。

　幸い、一般の兵士たちとは違って幹部たちは黙って受け入れていたが、少なからずストレスを受けただろう。うちの部隊の指揮官である中隊長も状況はさほど変わらなかった。佐官クラスの指揮官ではあったが、参謀長以外の指揮官はたいてい上級部隊に報告をしないと動けないので、できる限り部隊の幹部や兵士たちと行動を共にし、厳しい局面を団結して乗り越えようと努力していた。

　「お互いに過敏になっていてつらいときほど支えあい、言葉と行動に一層慎重を期すように」という中隊長の言葉を時々思い出す。

　軍隊でもそれなりに「ソーシャル・ディスタンシング」に取り組んだ。「ソーシャル・ディスタンシング」とは、新型コロナウイルスの感染拡大を防ぐために人と人との距離を保つ感染統制措置、あるいはキャンペーンのことをいう。このキャンペーンは、まず石鹸と流水で手を洗う、咳をするときは服の袖で口と鼻を覆う、外出時にはマスクを着用するなど、基本的な予防策を徹底することを大前提とし、大勢が集まる行事などへの参加自粛、外出自粛、在宅勤務などを行うもので、世界保健機構で

はこの言葉が社会的に断絶されることを意味するのでないとして、「フィジカルディスタンス」という表現に変えている。

　いずれにせよ、事態の深刻化を防ぐために、集合したり団体で運動をするときも常に間隔をあけ、就寝時間を除いてマスクの着用は必須だった。一人でも感染者が出ればあっという間に広がってしまう軍隊の特性上、例外なしにみな従った。新型コロナウイルスは食事の時間にも多くの変化をもたらした。普段、ぎゅうぎゅう詰めに座り談笑を交わす兵営食堂はいつも賑やかだったが、部隊では向かい合って食事ができないようにし、戦友たちと横並びに座って窓や出入口などを見ながら食事をした。「食事中の会話禁止」とデカデカと書かれていたので、話があるときは、周りの目を気にしながら本当に小声でひそひそと話した。最初は慣れなかったが、時間が経つと適応して、きれいに食事だけ済ませて自由休憩に入るのが普通になった。言いたいことがあっても「これ、絶対に言わなくてはいけないことか」といま一度考えるようになり、業務や体力作りの時間も、一緒にやることがあるときはできる限り接触を減らせるように努めた。

　新型コロナウイルスによって私は除隊前の2回の休暇が自動的に延期され、3月20日に家に戻った。休暇という名の除隊といったところだ。江陵から大邱へは大邱北部停留場行きと東大邱複合乗換えターミナル行きのバスがあるが、大邱北部停留場と江陵を往復する市外バスはコロナのせいで1日に1台も走っていなかった。3時間40分で行ける距離を、江陵からえんえん回り道をして6時間20分かかるバスに乗り、東大邱複合乗換えターミナルに降りた。こうして、韓国で新型コロナウイルスが最も深刻な大邱の地を踏むことになった。

　休暇だが除隊したも同然で、軍人だがほぼ民間人という曖昧

な立場だ。とはいえ身分はまだ軍人なので、幹部から電話で状況をチェックされる。厳しい時期ゆえ、正式な除隊の日までは英語学校の登録も先延ばし、会いたい友達との約束も先延ばしにしている。

　偶発的な咳やくしゃみも我慢したり、周囲の目を気しながらする日常。もしかしたら、我々はこれまであまりにもまわりへの配慮に欠けていたのではないか、という気になる。忙しい日常生活の中でお互いへの思いやりを忘れかけていたところへ、新型コロナウイルスの襲来で、お互いに気をつけ合い、協力して乗り越えようという状況になったことがおかしくも悲しい。しかし逆に考えれば、コロナがもたらした日常生活のプラスの変化ではないかとも思う。

　マイナスの面だけ見れば途方もなく暗鬱だが、それでもだんだんよくなるという希望を持って暮らしたら、本当にいつかはこのときのことを笑って話せる日が来るのではないかと思う。また現在、韓国の防疫システムは本当に世界から広く認められるレベルであり、むしろ、防疫に対する医療支援は韓国がベースになったと言っても過言ではない。けれど自国に対する誇りを持つと、一部の人からいわゆる「クッポン〔クッ（国）＋ポン（覚醒剤のヒロポン）で熱狂的愛国主義をさす造語〕」だと言われる。アメリカ、ヨーロッパ、日本に対する事大主義がひどく蔓延っていると思っていたが、これが事大主義を捨てるきっかけになればと思う。個人であれ、集団であれ、国であれ、相手のよいところだけを見てやみくもに盲信する態度は、我々が最も控えるべきものではないかと思う。

コロナが変えた日常
──2020年2月から4月まで

イ・ジュヨン 大邱文学館解説員

　中国で新型コロナウイルス感染症が流行し、大邱文学館の風景も変わり始めた。中国人たちの話し声が聞こえてくるとどうにも不安になり、人々はこそこそと避けた。解説員である私たちも積極的な解説は控え、基本的な対応のみすることになった。マスクが支給され、手指消毒剤が各階に置かれた。1階の香(ヒャンチョン)村文化館にはサーモグラフィーも設置された。私たちは、新文明でも目にしたように珍しがった。

　衛生に敏感になり始めた。昼食時間には案内人の席にボランティアが座ることもあったがそれも気になり、席は空けておくよう頼んだ。特に、ひどい風邪をひいたボランティアが来たときは、インフルエンザなのかどうか尋ねたりもした。

　2月18日に大邱で初の感染者が発生し、19日から大邱市のあらゆるギャラリーや博物館が閉館した。2020年は「大邱・慶尚北道、観光の年」なのに大邱の観光は途絶え、ガイドの仕事もすべて消えた。契約職である私も無給で強制休暇をとることになった。そのときは2週間くらいだと思っていたが、いまや2カ月になるかもしれないという気もする。

　私は、市民記者団の活動も並行して行っている。記者団は出勤しない在宅勤務なので、それなりに記事を書けるだろうと期待していた。しかし大邱市からも、大邱都市鉄道、達西区からもすべて記者団の活動を中止するよう通告された。非常事態に

より、コロナ関連のニュース以外は官公署の記事に掲載されなかった。この時期に、レジャーを勧誘するような記事など出せなかった。そのため、記者団活動はかろうじて30%だけが残った。

一番被害が大きかったのは、なんといっても演劇と公演業者だろう。上半期の公演はすべて中止となり、下半期を待たなくてはならない。1月から4月までの4カ月間、収入がまったくないという演出家もいた。講師たちも上半期の図書館セミナーがほぼすべて中止になったり延期になったりした。講演活動を行っている作家たちも大打撃を受けた。もちろん塾もそうだ。誰もが大変な時期を耐え忍んでいたため、私だけが泣き言を言うわけにはいかなかった。

大邱では3月15日から「3・28大邱運動」を開始し、2週間の徹底したソーシャル・ディスタンシングが要求された。具体的な日付が提案されると、大邱市のほとんどの店や建物が門を閉じた。市民らが積極的に賛同し、街は幽霊都市と呼ばれた。そのおかげで自営業者たちは大打撃を受けた。収入はなく、賃料は払えず、経済は悪化した。2週間が過ぎると、コロナウイルスの感染者数は減ったものの断続的に発生し続け、他地域の感染者数が増え始めた。政府は再び4月19日まで徹底したソーシャル・ディスタンシングを求めた。徐々に疲労がたまっていった。孤立と未来に対する不安で、人々は「コロナブルー」という新種のうつ病まで生み出した。もはやコロナより生活そのものが恐ろしく迫り、良くない思考に走る人たちも出てきた。コロナを克服するため、自分なりの生活方法を習得する必要があった。

まず、私は料理をし始めた。1月から始まり3カ月目の休暇を過ごす子供たちのために、毎日料理をしようと決心した。外食

はできず、デリバリーも毎日頼むわけにはいかない。週に1度買い物をして家で料理をすることが、子供たちを健康にする手立てだと考えた。そしてブロガーとして、どんな内容でも毎日更新するべきだという気持ちが生まれた。料理を一つずつアップし始めた。面倒だった料理だが、すてきな器に盛りつけて写真を撮り、それをブログに載せるという目的ができると、意欲が湧き上がった。料理が楽しくなり、真心をこめて料理ができるようになった。子供たちはおいしそうに食べてくれた。どうせやらねばならないことなら、楽しくやってみようと思った。そして食べ物の記事も書いたりした。

　第二に、週に1度、山に登ることにした。家の中にばかりいると贅肉がつき、動きが鈍くなり始めた。人がいない平日に、一人で登山を始めた。マスクをつけて2時間かけて山に登り、草花の写真を撮りながら癒しを得た。そして撮影した花は、また記事として掲載した。

　第三に、SNSで意志疎通を試みた。もともと人に会って話をすることが好きなのだが、家にばかりいると憂鬱になってきた。そこでブログとFacebookでオンライン交流を楽しんだ。毎日、日常生活を載せたり、話をする相手がいることが楽しかった。

　やがて大邱を応援してくれる人々の贈り物が届いた。マスクが入手困難になった2月のことだ。京畿道に住む随筆家がマスク25枚を宅配便で送ってくれた。はがきには、先方でも入手困難であることと、たくさん送れずに申し訳ないという言葉が、温かい思いやりとともに込められていた。ソウルの出版社からは、大邱だからと特別に新刊をたくさん届けてくれた。図書館が閉館しているときだったので、いつも以上に貴重でありがたかった。黒山島に住む漁師は、大邱や慶尚北道の友人らにクロ

ソイを送ってくれた。活クロソイ3匹にアワビにわかめまで、ぎっしり詰められた荷物を受け取った。直接会ったこともない方だったが、この上なくありがたかった。また、他の友人は済州からハルラボン〔済州みかん〕を送ってくれ、何年かぶりに連絡をとった旧友たちもいた。「大邱」といえば思い出す顔が私ということがありがたく、うれしかった。

だが大邱だからといって差別され、大邱だからといって悪口も言われた。まだ大邱に対する偏見は残っている。だから他地域へ移動せずに家で、町内にとどまろうと努めている。春を待っていたがコロナは終息せず、全世界に向かって拡散している。文学館もいつ開館できるかわからず、無期限に待つばかりだ。だが私よりつらい思いをしている人たちのことを考える。今、おいしいものを食べ、健康に過ごすことができていることに感謝しながら、今日一日を過ごす。

友人たちに会い、お茶を飲みながらおしゃべりをし、一緒に食事をしていたあの日常の大切さは、それを失ってから気がついた。母の誕生日も実家に帰ることができず、玄関でプレゼントを渡しただけで帰ってきた。言葉を交わすことさえ老人には悪い影響を与えるかと思い、おいしいものがあれば1階の玄関で弟に手渡す。母はベランダから手を振っていた。それでも母にできることがあってよかった。

とてつもなく人が恋しい。もう少しだけ待って、あなたに会えたなら、喜びのハグで再会したい。今までよりもっと抱きしめて、もっと大好きになると思う。そのときまで、みんな、元気に過ごそうね。

災難は新たな教育の機会となり得るか？

イ・チョア 大邱旭水小学校教師

　新型コロナウイルスのせいで学校の始業が延期され続けている。

　保護者らは休校の延期が続いていることに苦しみながらも、一方では学校が再開されると感染が広がる懸念があるため、どうすることもできずにいる。教師たちは、相次ぐ授業日数の変更に合わせてカリキュラムを修正するのに散々振り回された挙句、急遽始めることになったオンライン授業に向けて足元に火がついた心境で準備している。

　学校の長期休みが大好きだった児童たちはどうだろうか。ある意味、今回の事態で真の長期休みを得たとも言える。これまでは、休みといえども様々な塾を転々としながら多忙なスケジュールを消化しなければならないケースが多かったからだ。それゆえ学校や塾の授業がすべて停止した昨今、児童たちは自宅と学校と塾を往復していた日常から解放されたと言える。だが気の毒なことに、それは児童たちが望んでいた自由ではない。自由に外へ出て遊ぶことも友達に会うこともできないのだから、勉強以外は空間的制約が大きくなったことになる。

　始業が延期された時から、6年生の担当クラスの児童たちに向けて、学校ホームページの学級掲示板に毎日お知らせをアップしている。まだ顔も合わせられずにいる児童たちは学級掲示板に、早く学校が始まって友達や先生に会いたいとコメントを

つけた。さらには、学校に行って勉強するほうがまだましだという書き込みまである。児童、保護者、教師の皆がいつになく始業を待ち望んでいるのだ。

　一日中家の中に閉じ込められている子供たちはスマートフォンをいじったりテレビを見たりもするが、そうやって過ごすのも一日、二日が限界で、ずっと続けてみると退屈なものだ。子供たちはこれまで忙しくて遊び足りなかったおもちゃを引っ張り出してきたり、絵を描いたり、何かを作ったりもしている。

　先日、我が子がリビングルームの大きな窓に据えた的が目に入った。ダーツゲームをしようと、紙に大きさの違う円をいくつか描いて点数を書き入れてから窓に貼りつけたのだ。くねくねと描かれた形が微笑ましくて近寄ると、的の横に文字が見える。「コロナ出ていけ」と書かれていた。見た瞬間、笑いが消えてむしろ身が引き締まった。子供たちは大人に気をつけなさいと強く言われなくても、全身で周りのあらゆる状況を感じ取っているのだなと思ったからだ。ある意味それは、意図して教えなくても自然と習得する「潜在的カリキュラム[1]」であると考えられる。

　潜在的カリキュラムは学校だけに当てはまるものではない。家庭や社会が与える物理的環境やメンタリティに長期間持続的にさらされると内在化[2]し、内在化された学習結果を変えることは難しい。とりわけ子供は、幼少期から無意識のうちに家庭環境や社会的・文化的条件に囲まれて生活することになるが、そこから学び取ったものが子供たちの内面に染み込んでいくと

1）学校での意図されたカリキュラムとは違って、制度・組織的仕組み、物理的・空間的配置、文化、風土、人間関係などを通して、意図しないままに教えられていく知識や行動様式、メンタリティをいう。

2）心理学用語。他人や社会の規範、習慣、価値などを取り入れて自己のものとすること。

考えれば、潜在的カリキュラムがいかに重要かわかる。

　誰に言われるでもなくコロナウイルス退治を願う気持ちを込めてダーツの的を作った子供の行動のように、今の状況がまた別の学びの機会となり得るのだ。逆境も別の角度から見れば成長の糧と捉えることができる。新型コロナウイルスに立ち向かう大人たちの姿は子供たちにとって、感染症による災難に見舞われた時どのように行動するべきかを知る、心理的側面の潜在的カリキュラムとなる。

　潜在的カリキュラムと言えば、学校の物理的環境については残念な気持ちがある。第4次産業革命の波に乗り、学校でも授業のデジタル化ができるようにと電子黒板を導入し、タブレットを活用した授業も増えている。しかし、日々進化するデジタル教材と違い、校舎は何十年前とさして変わっていない。その上、増加する校内暴力と自殺を予防するために教室の各窓に補助錠をつけて大きく開かないようにしてある。教室で一日中子供たちと一緒に過ごしてみると、休み時間にじっとしていられない気持ちも理解できる。

　空間デザインを手掛けるある有名な建築学者が、講義で学校を鶏小屋に例えていた。小学校から中学校、高校まで四角い箱形の鶏小屋に閉じ込めて勉強させた子供たちに、大学入試が終わるとこう伝えるという。

　「君たちは鶏でなく鷲だ。だからこれからは羽を広げて君たちの夢に向かって高く飛べ」

　その講義を聴きながら、子供を導く教師として恥ずかしく思った。同時に、自分では変えることのできない物理的環境をもどかしく思った。では、我が国の学校は初めから鶏小屋の姿をしていたのだろうか。

　昨年ユネスコ世界文化遺産に登録された書院の姿は、そうで

はない。塀で書院の中と外の空間を区切ってはいたが、塀を低くしたり部分的に穴を開けておいたりすることで、中からも外が見え周囲の景観を鑑賞できるようになっていた。

　書院を建てる際も、陰陽五行と風水の思想を基に水の流れや山、広い野があるかを調べて適した場所を選んでいた。優れた人物についてよく骨の髄から違うと言うが、書院の建築を見ると今の学校建築とは考え方から違っていたように思う。

　勿論、一部の新設校をはじめ学校建築も少しずつ変化を試みている。「現在」も積み重ねられた努力の産物であるが故、否定するつもりはない。ただ、コロナ禍を機に潜在的カリキュラムの重要性を認識し、家庭や学校、社会が表に現れない隠れたカリキュラムについても、もう少し一緒に考えてみようという意味だ。今見えている言動よりも隠れた真実の方が重要なはずだから。

　今も子供たちは目を輝かせて大人たちを見ている。子供を本当に愛しているなら、我々皆が潜在的カリキュラムの一部を担っていることを忘れずにいよう。

コロナ時代の愛

*これは小説の形式を借りたわたしたちの物語です。

チャン・ジョンオク 小説家

ついに来るべきものが来た。

昨夜から急に呼吸困難の症状が現れ、母が危篤状態にあるという連絡を受けた。家族たちと療養病院に向かうと、代表で一人だけが入れるという。私が感染防護服を着用し家族代表として病室に入った。母は力を振り絞ってこの世の最後の峠を登っているところだった。一人で母の最期を見守った。言葉を発することはできず意識ももうろうとしていて、会話は不可能だった。防護服を着た状態で母の手を握り、すまないと何度も何度も繰り返した。その声が聞こえたのかどうか、苦しそうに息をしていた母は静かに目を閉じた。母をはじめ、高齢者3人がいっぺんに亡くなった。コロナ感染による死亡者数は日に日に増えていった。亡くなった高齢者たちは葬儀も行われないまま火葬場へと運ばれていく。感染防止のため、遺体を拭き清めて防腐処理を行い密封して火葬場に運べばそれで終わりだ。火葬場でも近寄らせてはもらえなかった。家族に代わって医療関係者たちが最期の見送りをしてくれた。事が終わり、一握りの粉の入った骨箱だけを受け取った。先に火葬、葬儀は後、ということだが、何の意味があるのかと思えて葬儀一切を省略した。私の姉や弟は重苦しい表情を浮かべ、互いに顔を背けていた。母を療養病院に入れたのは私なので、彼らに対して言葉もなかった。母を父のそばに埋葬し、すべて私のせいだと額を地面

にこすりつけた。葬儀はしなかったので、親戚や親しい人たちには母が亡くなったことだけを伝えた。

知彼知己――彼を知り己を知る。

　ウイルスとの戦いはまだ終わっていない。全世界を揺るがしているコロナとは一体何なのか。正式名称は「新型コロナウイルス感染症」だという。地球上の人口は70億を超える。1999年に60億だった人口は2020年現在、77億9,479万に上っている。この人口増加は一朝一夕に起こったものではなく、戦争や飢饉、伝染病など数多くの困難を経ながら、ふるいにかけられて残った人口だと言うべきだろう。現在、コロナが全世界で流行し人類を脅かしているが、過去を振り返ってみれば、こうした災難は戦争と同じくらい多様に存在してきた。

　14世紀中期にも野生のげっ歯類によるペストが流行し、ヨーロッパの人口の3分の1が亡くなったことがある。休戦と交戦を繰り返しつつ1337年から1453年まで、実に116年間も続いた百年戦争も、このペストで一時中断されたという。ネズミなどのげっ歯類が発生源とされるペストは、菌が体内に侵入すると出血性気管支肺炎が起こり、大量の血性漿液性の痰により呼吸困難が悪化したのち、体温が急激に低下して4〜5日以内に死に至るという。有史以来、人類をもっとも恐ろしい脅威にさらしてきたのは、核や戦争ではなく、ペストのような伝染病だった。

　21世紀の伝染病であるMERSやSARS、エボラ出血熱、新型コロナウイルス感染症といった新種のウイルスはいずれも風邪のウイルスの変種で、コウモリ由来であるという推測が広まっている。コウモリは古来ずっと地球上で人間と共存しながら生きてきた。コウモリは暗い洞窟に住み、人間は明るい太陽を浴

びながら。住む領域が違うので、コウモリと人間は互いにいが
み合うことはなかった。もし本当に新型コロナウイルスがコウ
モリから発生したのなら、乱開発によって人間が動物の領域を
侵し、彼らを人間の世界へと引き込んだことに端を発する弊害
だと言うべきだろう。全面的に人間の責任だと言える。

　人間と動物はそれぞれの領域で互いに共存しながら生きてい
くようになっているのに、自然開発を口実に、人間はむやみに
動物たちを一方へ追いやる傾向がある。その結果、自然は、人
間の力では克服しがたい新種のウイルスを排出して人間を追い
出すようになった。敵を知り己を知れば百戦百勝だと言うが、
新型コロナウイルス感染症は抗体もなく、予防薬も治療薬もな
い。武漢のコウモリ研究所から病原体が漏れ出たという噂が事
実かどうか知る由もないが、ウイルスが地球を席巻するのにわ
ずか2カ月もかからなかったという事実には驚くばかりだ。

雪上加霜──雪の上に霜が降りる。
　この全世界的な流れが自分の身に襲いかかるとは、夢にも
思っていなかった。ほかでもない、まさに我が家に起こったこ
の悲劇を、あまりに理不尽な仕打ちだと私は天に向かって抗議
した。私はバスの運転手だ。毎日バスに縛られて、洞窟探検を
するような旅行なんて夢のまた夢だったし、家を建てるからと
地面を掘り返したこともないし、猟師気取りでむやみに銃を持
ち歩いて動物たちを苦しめたこともないのに、ウイルスに感染
して死の淵をさまよっているのだ。私ではなく、哀れな母が。
酒が原因で父が亡くなったあと、母は市場の露店で商売をしな
がら3人の子を育てた。暑い日も寒い日も地面に座り込んでニ
ラなどを売って私たち3人を育て、学校にも行かせた。そう
やって苦労したのだから老後は穏やかに過ごしてほしかったが

そういう星回りではなかったのか、銭湯で転んで骨盤を痛めてしまった。

　銭湯からなんとか這い出てきた母を仕事帰りの妻が見つけ、救急車を呼んで病院に連れて行った。レントゲン検査の結果、股関節にひびが入っているという。股関節はギプスができる部位ではないし、ただ横になって安静にしていればよくなると言うので、大したことではないと思っていた。

　問題は母が転んだことではなく、誰が看病するかという現実的な事柄だった。母を入院させて、私は３日間休みを取った。差し当たって母の世話をどうすべきか話し合うため、きょうだいたちを呼び寄せた。３日後に退院させて家に連れ帰りたいと言うと、妻は、誰が看病するのかと顔色を変えた。働き口が少なく一度辞めたら再就職は難しいから、母を療養病院に入院させるか、それでなければ介護者を雇おうと言うのだ。当の母は介護者に来てもらったらいいと言う。だが妻は、ウイルスが蔓延するこの時代に見知らぬ人が家に出入りするのは反対だ、療養病院に入院するほうがいいと言い張る。私の姉と弟がそれはあんまりだと抗議すると、妻が一言こう言った。「じゃあお母さんを引き取ったらどうですか」。そう言われて姉と弟は口をつぐんだ。姉にどうしたらいいかと聞くと、自分は腰が悪いから世話をすることはできない、末の弟に任せようと言う。弟は、それならいっそ自分は入院費を負担すると、早々に手を引いた。みんな嫌だというのだから母を説得するしかない。高齢者の骨はなかなかくっつかないうえに股関節は治療が難しくて長くかかるらしいから、骨がくっつくまでのあいだだけでも療養病院に入っておいたらどうかと言うと、母はいっそ飢え死にしたほうがましだと食事を口にしなくなった。

　こうなるとほかに説得できそうな人もおらず、妻に頼み込ん

だ。妻は、看護師として働いている姪に、いい療養病院があったら紹介してほしいと頼んだ。姪は、自分の勤務している療養病院はきれいで感染者もいないから安心だと、母を説得した。家に一人でいるより病院でみんなと過ごすほうがいいんじゃないかと言って、半ば強制的に入院させた。施設も清潔で、消毒も徹底されているので今のところ安全なエリアとして知られているという話を聞いて、心強く思った。だが、母を入院させて病院を出るときには、後ろ髪を引かれる思いがした。母を見知らぬ場所に置き去りにしていく気分だった。

是亦過矣──これもまた過ぎゆくだろう。

　必死で子供を育てたところで意味がないと言うが、こんな仕打ちを受けるために母は一人で苦労して私たち3人を育てたのかと思うと、夜も眠れず、妻が恨めしくもあった。母がどれほど情けない気持ちでいるかと思うと、悔いが残った。かと言って、妻を恨むわけにもいかない。バスの運転手になる前、事業に手を出して有り金をすっかりはたいてしまった。借金を返すのに夫婦2人であくせく働くこと20年。年も年だし、これを機に仕事を辞めてゆっくりするのも悪くない、あなたの稼ぎだけで食べていこうと言う妻に、じゃあそうするかとはなかなか言えなかった。まともに働けるのは長くてもあと10年だろう。蓄えもないのに、まだ大学に復学予定の息子もいる。母にとっては不本意だろうが、入院費はきょうだい3人で負担すればいいから、むしろ入院しているほうがいいように思えた。

　夏のあいだじゅう、息子や嫁が夏バテしないようにと市場で豆乳を買って、持ってきてくれるような母だったのに、そんな母を、けがをするなり療養病院に入れるなんて、ひどい親不孝をしているように思えた。妻に、いっそ自分が仕事を辞めて母

の看病をしようかと聞いてみたら、そうしたいなら好きにすればと冷たい言葉が返ってきた。私が一言言うと10倍になって返ってくるし、どやしつけて拳を振り上げてみたところで我が家の山の神はどこ吹く風だ。

　院内にウイルスを持ち込む可能性があるという理由で、見舞いもなかなか許してくれなかった。外部の人間が出入りするのは危険だと、徹底的に制限していた。体は離れていても、せめて心だけはそばにと思って電話をすると、母はあんたなんか知らないと言って切ってしまった。腹を立てて、心を固く閉ざしてしまったようだった。

坐不安席──座っていても落ち着かない。

　朝から晩まで1号車のバスの路線を10往復しても、ガソリン代はおろか一日の食事代にもならなかった。一日じゅうマスクをして言葉を交わす人もなく一人で運転し、乗せた客はと言えばたったの3人。たまにでも乗客がいてくれたら、世間話の一つもして退屈を紛らわすこともできるだろうに、車がびゅんびゅん通るだけで、通りには人影一つない。

　乗せる客がいたとしても心配なのは同じだ。旅行帰りの男女がターミナルから乗ってきたのだが、大きなスーツケースからすると外国に行っていたのだろう。感染が心配で、彼らの額にサーモグラフィーをかざした。無症状の感染者もいるというので、手のひらに消毒薬まで振りかけてから、ようやく乗車させた。お客さんのためを思ってではなく自分が感染するのが怖いからだと言うと、変わった人だというように鼻で笑った。彼らは若いからウイルスなんてばかにしているだろうが、中高年はちょっとしたことであっけなく倒れるから、もはやインフルエンザでさえも恐ろしい。早死にするのが怖いのではなくて、家

族や同僚のみんなにうつしてしまうのが怖いのだ。このコロナという奴は身近な人間を病気にさせるのだから、怖がらずにいられるわけがない。乗客たちに、互いに離れて座るようにと案内放送した。乗客と言ってもたったの2人だが、べったりくっついている男女に離れて座れと言ったものだから、何言ってるんだというように、にらみつけられた。コロナ時代の愛だとか言うが、ルームミラーでちらりと見てみたら、マスクをしたままキスしている。自分たちでもおかしかったのか、マスクの上から唇を合わせてくすくす笑っていた。まさに宇宙人だ。

　朝のニュースで、病院で集団感染が発生したという悲報が伝えられた。大邱のある精神科病院で40人以上が集団感染し、患者たちをほかの病院に搬送しているという。さらなる感染拡大を防ぐための措置だろう。心臓がひやりとして姪に電話すると、看護師の中に、信者が集団で感染した新天地教会に通っている人がいたため、堅固な防御が崩れてしまったと言う。母を家に連れ帰ろうかと思い姪に聞いてみると、今は集団感染が疑われる状態なので誰も外に出られないと言う。母に電話すると、家に帰りたい、いつ迎えに来てくれるのかと聞く。入院患者の中から感染者が出たと言ったら母が怖がると思い、仕事が忙しいのだとごまかした。母は、隣のベッドの人が昨日の夜、コロナにかかって死んだのだと言って、泣いた。隣の人がコロナにかかって死んだと言っているが本当なのかと姪に聞いたら、残念なことに悪性だったと言う。コロナの中にも悪性があるのだと。多くの感染者が出たB病院前から、女たちの一団がバスに乗ってきた。中国であんなに多くの人が死んでも自分たち信者は1人も死ななかったとわめきたてていた、ある、えせ信者が思い出された。女たちがあまりもやかましく騒ぐので、唾が飛び散るから話をしないで静かに乗っているようにと放送

した。

　感染したら自分一人だけが大変なのか？　家族みんなが2週間自己隔離だし、会社は即座に営業停止だし、50人もの運転手たちは全員仕事を中断して自己隔離に入るから金を稼げず損するわ、体調が悪くて損するわ、恨み言を言われて損するわ、迷惑もいいところだ。こういう非常事態には集団でうろうろせず家でじっとしているべきだと言うと、女の一人がハレルヤ、と言って笑った。あまりに頭に来て、静かにしろと怒鳴った。飲み屋はどこも営業停止を命じられ、公演はことごとく中止、イベントも中止、学生たちまで2カ月もの春休みを余儀なくされている状態で、第3次世界大戦にも匹敵するほどの災難なのに、まったく何も考えていないようだった。J旅客ではすでに80台に上るバスが2カ月も車庫の中だ。もちろん市から補助が出るので運転手たちは給料の70%を受け取ることにはなるが、仕事が休みでもどこにも行けないので、うらやましいとも思わない。

　路線をひと回りして戻ってくると、車内の隅々にまで消毒薬をまいた。集団感染者が出ているというときに団体で病院に見舞いに行くなんて。一緒に死ぬつもりか。服に消毒薬の匂いが染み付いた。孫が鼻をつまんで「臭い！」と言う。妻は私の服を、まるで気味の悪いもののように指でつまんで洗濯機に入れるのに余念がない。こんな非常事態が2カ月も続くと社会のあらゆるシステムが停止し、酒飲みたちも、飲むところがなくて酒をやめたらしい。早朝、始発のバスが出る前に毎日実施していた飲酒運転のチェックも中断された。

　本格的に「社会的距離の確保」が言われだし、感染を防ぐには人との接触を避けるしかないという状況になると、思ってもみなかった変化が起こるものだ。毎朝、大鳳橋前の横断歩道で待

ち合わせ、車を相乗りして出勤していた同僚と、しばらく別行動することにした。自分も働いているからと夫の車を我が物顔で乗っていた妻に、車で通勤することになったから地下鉄かタクシーを使ってほしいと話した。すると妻は、ちょうどよかった、車を1台買いましょうと飛びついた。朝早く病院食を作りに行くにはどんなに遅くても5時には家を出ないといけないのに、車がなかったら仕事に行けないと大騒ぎだ。すぐにでも車を買う勢いで、インターネットで検索し始めた。コンパクトセダンのアバンテか、軽自動車のモーニングでもいいと言っていたのに、見ているのはどれも3,000cc以上の中型車だ。コロナが収まるまで少し乗るだけなのだから、タクシーでなんとかしのぐか、100万ウォンぐらいの中古車でも探してみるようにと言うと、人生最初で最後の車になるだろうに、中古は嫌だ、プライドが許さないと言う。月々のローンや自動車保険まで細かく計算してみると、妻が稼いでくる金がそっくり車に注ぎ込まれる形だ。何のために働くのやら。春になったらお母さんを連れて済州島に行こうと言っていたのに、口だけで終わってしまった。いろいろと罪深い。

　あくせくと生きる人間のざまは、ちょうどアリのようだ。生態系を乱す生物に指定されるほど致命的な毒を持つ悪名高き害虫が、まさにヒアリだ。アマゾンの川が雨で氾濫すると、ヒアリたちは互いの体を泥の塊のように結合させて川を渡る。あの小さな体でどうやって巨大な川を渡るのかと思うが、その不可能に思えることを、ヒアリは力を合わせてやすやすとやってのける。1匹の力は弱くても、団結すれば生き残れることを知っているのだ。あんな小さなアリでもミシシッピ川を渡るのに、人間がウイルスの一つも克服できないはずがあろうか。生物と人間のあいだには互いに侵してはならないマジノ線〔防衛線〕が

ある。自分たちの領域を広げるために生物の領域にまで手を出そうとせず謙虚に生きることが、人間が生き残るための方法ではないかと思う。ペストが人類に深い爪痕を残しても、今や70億を超えるまでの人口増殖を成し遂げたのだから。

学校は
安全なのか

ジャン・チャンス 安東大学博士課程

　学生会は「文産人の日」の準備をしていた。文産人の日とは、安東大学の韓国文化産業専門大学院入学者向けのオリエンテーションのことだ。予定日は2月21日金曜日。しかし開催を前に文産人の日を始めすべての集まりが中止となり、新型コロナウイルス関連の数字に埋もれていった。感染者何名、死者何名……。その次からは日付の感覚すら失った。朝起きてもどの日も同じで、変わるのはコロナの感染者数だけ。学校は閉鎖され、学生会の任期は家で終えた。

　大邱の栗下洞に家族が全員集まった。全員と言っても4人家族だけだが、それぞれ生活圏が異なるためそれなりの対策が必要だった。私は安東大学で学んでいるため安東に部屋を借りて大邱と安東を行き来し、妻は大邱から職場に通い、学校に通う次男の面倒を見た。長男は学校が慶州にあるので、家族は大邱、安東、慶州にまたがっているわけだ。マスクの需給や消毒など確認し合うことが多かった。

　生活は極端に二極化した。閉鎖された室内生活と大邱、安東、慶州を行き来する広域の移動はそれなりの労力を要する。4人のうち3人は大学に通っているため、学校のスケジュールに大きく影響を受けざるをえない。世の中がそうであったように学校もやはりこうした状況は初めてのことなので、明快に今後の日程を提示することはできず、私たちは3つの地域で寝泊まり

しながら、子供たちの面倒を見なければならなかった。そうして各自の極端な閉鎖生活が続いた。

　最初に慶州にいる長男のワンルームに行った。医大は勉強量が多いので、他の学部に先駆けて対面授業を始めるというのが学校の考えだった。それはすぐに変更されることになるのだが、当時は真摯に受け止めた。「なあに、医大だから問題ないだろう」と。しかし慶山市の医師が命を落としたことをうけて、またもや驚愕した。ウイルスは無差別的だということ。行政学を学ぶ次男は大邱にいるのだが、社交的でアクティブな性格のため、外出の自粛を言い聞かせねばならなかった。

　新学期を延期した私の学校は結局、非対面型授業で始まった。2020年の新しい学校風景だ。勉強は対面型でもうまくいかないものなのにオンライン授業とは。アナログとデジタルの間の世代にとってはもう一つの関門だ。Teams、Webex、Telegram、インターネット講義など、新たなプログラムをノートパソコンにダウンロードして、勉強より勉強のやり方を先に学ばなければならなかった。変革は患難のあとに来るというが、地球人の新たな進化が求められる状況だ。最近、中高までもがリモートで新学期をスタートさせたが、初めてのことなので何かと手間取っている。

　ある学生は入学金の一部を返してほしと訴える。新しい方法の授業に効果がないと判断したのだろう。新しさが持つ二つの顔とも言えよう。既存のものに食傷しているとき、命がけで新しいものを見つける。時には変化のための変化まで追い求めるものだ。だが、準備ができていない新しさは多くの人を混乱に陥らせる。大学院は少人数制の授業なので、聞き取りづらいことがあったとしてもせっかくの教授の話の腰を折りたくなかった。自分の心で聞くという昔の言葉を思い出す。"相手を

正す前に自分を正そう"

　やり方は定まらなかったが、読むべき本は決まった。仕方なく行政室の了解を得て、研究室に本を取りに行った。警戒が厳重なため、自分の本なのにまるで盗みを働いたような気がした。誰もいない学校。「ここがもっと安全かもしれないな」。翌日また学校に行ってみると、研究室に通じる通路は閉まっている。出入りの自粛を求める行政室のメッセージのごとく。無言の協力要請。無人の学校はだから安全なのかも……。

　安東市龍上洞のワンルームで多くの時間を過ごした。ワンルームはそれまでただの寝床だったののだが、新型コロナウイル発生以後は生活空間になった。ワンルームは立方体の形をしているという点で、シェルターに似ている。鉄製のドアをばたんと閉めるとウイルスが侵入できないだろうと安堵する。その代わり窓が片側にしかないため、初めて来たときは方向感覚が鈍るかもしれない。周辺の建物の位置をポストイットでぺたぺた張り付けた。こんな閉鎖空間に長くいると、なにが切実かって？　コミュニケーションだ。みんなゲームの腕前が上がったというが、わかる気がする。昔やっていた囲碁をまた始めた。
　ワンルームにも人が暮らし、物資が必要となる。ワンルームマンションの人々に物資を供給してくれるのは宅配だ。多くの宅配の品々がドアの前に置かれてあり、人が暮らしていることがわかる。水、トイレットペーパー、ラーメンなどがあちこちに置かれている。私は主に本を注文するのだが、なぜかドアの前に置いてあることもある。宅配業者さんは町内のワンルームマンションのエントランスの暗証番号を知っているらしい。宅配も非対面型で届く。未来学者ロルフ・イェンセンは「物語を売る」社会が到来すると説いたが、残念ながら2020年が先に迎え

たのは非対面式社会のようだ。ワンルームマンションの住人に
会ったら挨拶してみよう。

私たちはうねりの中にいる

チョン・アギョン 読書指導士

　田舎より都市がよい。自然の法則に忠実な田舎は暗くなるのが早かった。夜のとばりが下りた田舎は、空間があり余っていた。私はその空っぽの余白を埋める自信がなかった。想像力もないし、遊ぶものもないし、友達もみんな家に帰った。しかし都市は違った。日が暮れても明るかったし、道路は車でいっぱいで、人もごった返していた。そのなかに立っていれば何もしなくても自然と満たされる気がした。完成されたもののなかで、私もまた完成していく道中なのだと容易く自分を慰めることができた。

　ところが今、その満腹感に悩まされる。満腹感ではなく飽満感と呼ぶべきだろうか。窮屈そうに建ち並ぶ建物と、その中にぎっしり詰まった人々が吐き出すひと言ひと言が恐怖として迫ってくる。面識のない人と肩を寄せて映画を鑑賞し、狭いカフェに座って数え切れないほど多くの人々と呼吸を共にする私の日常は、赤いバツ印を貼られたまま注意事項の一つに転落した。電話でもウイルスが移るのではないかという笑い話や、大邱を封鎖しなければならないのではないかと言う言葉は残念ながら笑えるものではなく、私を萎縮させるばかりだった。

　ウイルスショックに感電した都市のど真ん中では、しない、禁止するという否定（do not）の義務を噛みしめながら数週間が過ぎた。人が集まる場所に行ってはならず、子供たちと授業を

してはならず、マスクなしで外に出てはならないといった義務をきちんと実行しているところだ。市民にゆだねられた部分だけでもきちんと守ろうという発想だった。数週間の引きこもり生活には慣れてきたものの、もともと活動的だった精神は体に服従する気がなさそうだ。体ひとつを閉じ込めるだけなら可能でも、膨れあがる倦怠感は抑えきれなかった。

　ミックスコーヒーを2袋開けて、ぼんやりとかき混ぜた。毎日飲んでいたS社のカフェラテのあっさりした味を断ち切ると、禁断症状のように甘みを欲した。甘いコーヒーをすすりながらリビングの椅子に腰掛けた。玄関のドア。あのドアを家族以外が誰一人開けなくなってから20日になる。子供たちが喉が裂けるほど騒ぐ音で耳が聞こえなくなったことはあっても、騒音がまったくないことで耳が聞こえないのは今回が初めてだ。しばらく息を止めていれば、地球が回る音さえ聞こえそうである。そうしてしばらくドアを見つめた。波の打ち寄せてこない海……。離島に孤立した私は、動かない波を見て妙な感覚をおぼえる。もしかしたら永遠に島を抜けられないのではないか。他人の島に辿り着くには帆を広げて波に乗り、風に乗って流れていかなければならないのに、海が静かなのだ。船が微動だにせず、元の位置にとどまっている。今の状態が永遠には続かないと分かっていても、一瞬の恐怖は長い余韻を残す。

　ぼんやりとした夢想から目覚めさせたのは呼び鈴の音だった。すぐにドシンという音が聞こえてきたが、配達員は慣れた様子で家の中の人を待たずに行ってしまった。届くはずの荷物などあっただろうかと考えてみるが思い浮かぶものはない。そっと開けてみた玄関のドアの前には段ボール箱が山積みにされていた。見知った名前が発送人欄に書かれている。夕方になって家族と一緒に荷物を開けた。クリスマスの朝の子供のよ

うに箱を開けるたびに歓声をあげた。山のように積まれたおこげの段ボールと即席トッポッキの段ボール。前者は私に届いたプレゼントで、後者は娘に届いたプレゼントだ。「おこげが好き」「トッポッキが食べたい」。本人は言ったことさえ覚えていないようなひと言を、誰かが覚えていてくれたということに、そしてその記憶が行動にまでつながったという事実にくすぐられた。しばらくして、黄色いビタミンが入った段ボール箱も到着した。具合の悪いところがなく元気なのが申し訳ないほど感謝した。

　ザーッザーッ、夜遅くに原稿を探していると頭のうしろから波の音が聞こえる。一定のようで不規則な間隔。がらがらに空いた道路を疾走する自動車の音が重なって作り出すBGMだ。山里で育ち、盆地に根を下ろした私にとっては、海辺の波よりもずっと本物らしい波の音だった。打ち寄せる波に身を任せる時の無力感。皮肉にも、いつもその無力感が私を動かしてきた。受動的に流されていると、内面の音が一層はっきり聞こえるように、徹底した空虚のなかでは生の意志を見出すものだ。固く閉ざされたドアを見て、繰り返し描いていた様々なイメージと、それらを一気に壊した呼び鈴の音が順に思い出された。微動だにしない水平線の向こうからプレゼントの山が怒涛の勢いで押し寄せ、その力で波ができた。心が揺れた。

　やるぞと腹をくくってしなければならない肯定(do)の義務を背負い、多くの人たちが大邱に集まっている。彼らはせわしく物品を整理し、慌ただしく救急患者と救急車を連結させる。彼らが吐き出すポジティブな息遣いが都市に生気を吹き込む。部屋の隅で吐き出していた深いため息の上に、彼らの荒い息づかいが重なった。ニュースを見ると、我が家の玄関前に到着した宅配便のように、より多くの場所で、より多くの人々から宅配

便が到着しているという。あるものは感謝の手紙、あるものは石鹸とシャンプー、あるものはお弁当。医療従事者もボランティアも、きっと箱の中から出てくるさまざまな品物を見て、得も言われぬ感動を味わっただろう。

　ベールに包まれたように不安な明日ではあるが、人生の意味はどこでも見出せるようだ。強制された孤立と極度の嫌悪は体の苦痛に劣らぬ威力で精神を苦しめる。広がる不安は、原因を他人に見出させる。予告なしに彼らの「他人」になるのはやりきれない。しかし世の中というのは、そういう人よりそうではない人の方が多いということ。むやみに後ろ指をさす人より、誰かの失った食欲を気遣ってくれる人の方が多いということ。この当然の事実を青いと感じるのも、都会の冷淡なカッコよさにすっかり心酔してしまった自分のせいなのだから、私は昨日の自分を反省する。境界線の外の他人に対する淡々とした態度も、苦しむ誰かにとっては暴力になり得るのだと思うようになった。誰かが笑い話として投げた言葉が、冷やかな文章として記憶されるように。玄関のドアがすり減るほど出入りして、猛スピードで都市を駆け巡っても得られなかったものを、固く閉ざしたドアの中で得た。のんびりした速度で、のんびりした歩幅で。

　私たちはうねりの中にいる。私たちは引いていく波と打ち寄せる波の間にいる。刹那の静寂は停止を意味するのではない。打ち寄せる波もまたすぐに引いていくだろうが、それがどうした。再び波が打ち寄せてきている。

患難の真っただ中で

チェ・ジュンニョ　嶺南大学　韓国語語学堂講師
ヨンナム

　2020年4月。大韓民国、さらに世界中が何よりも切実に「アキレウスの盾」[1]のような天下無敵さを渇望している。春が到来したというのに、本当に春になったのだろうか？　こう問いかけざるを得ない4月だ。それにもかかわらず私たちは、春は到来していて、春は私たちのそばにあると固く信じて、異様な日常を異様に生き抜いている。

　本当に2020年は目が回るようにして始まった。2019年12月、中国の武漢で発生した新型コロナウィルスによる呼吸器感染症は、私のワーキングライフを揺り動かした。語学堂〔大学付属の韓国語学校〕で外国人留学生を対象にして韓国語を教えるという仕事上の特殊性から、一般の人が体験するより前から非常事態に突入していた。

　新型コロナウィルスの感染に備えて、韓国国内で積極的にマスク着用運動が始まる前の2月から、韓国語教育院のすべての教職員、すべての学生がマスクの着用を始めていたのだ。学生がみな外国人留学生であることを考慮して、マスク着用が義務化され、廊下では手指消毒剤が置かれる状況となった。建物内を行き来するすべての人がマスクを着用した状態で、日常的な業務が続けられた。私たちには、ホラー映画のワンシーンのよ

1）ギリシャ神話の英雄アキレウスがヘクトールとの戦いで用いた武具。

うだと笑い話として冗談を言い合う余裕すらあった。この頃までは「どうせなら用心した方がいいのではないか」という程度の気楽さだった。ところが、万物が胎動し始める3月を迎えると、情勢は急変した。制御装置がまったく稼働しないかのごとく、新型コロナウィルスは急速に大韓民国を浸食し、私たちを監禁してしまったのだ。

最初、開講が2週間延期になったときでも心配していなかった。少し遅くなっただけだとのんきに考えた。開講日程についての全体会議も、対面式の会議からカカオトークのグループチャットという非対面式の会議に変わり、最終的には学校行事の日程のために3月23日から同30日までオンライン授業に置き換えるという決定まで下された。「オンライン授業なんてどうやってやるんだろう」とまず心配になったが、それでも1週間だけ苦労すればいいのだという希望を持っていた。

オンライン授業は準備の段階からトラブルの連続だった。1時間の授業を30分の動画で制作せよという指針が出された。オフライン授業用のパワーポイントがあったが、一日の授業時間である4時間分を2時間に縮約し、動画として編集するだけでも2、3時間がかかった。撮影に慣れていないので、30分の映像を録画するのに、撮り直しては確認して1時間かかるのもざらだった。通勤はなかったが、体の良い在宅勤務だ。業務と休息が区別できず、一日中、資料の編集と録画をやってストレスを抱える在宅勤務だった。無意識に「くそったれ、コロナ」という荒々しい言葉が口を衝いて出てきていた。

そうやってどうにかこうにか録画をして、授業当日の9時に学生たちにリンクのアドレスを送った。学生が動画の授業を視聴したことを確認する方法がなかったため、翌日の13時までにカカオトークで課題を提出すれば出席と認定した。ところ

が、学生が時間を気にせずに、特に明け方に課題を送る人まで
いたので、眠るときは携帯電話を無音に設定するということま
でしなければならなかった。朝に課題を確認して、それに対す
るフィードバックをしたかったが、詳しいフィードバックをし
ようとすると大変で、心身に支障をきたし辛かった。

　また、故国に帰って韓国に戻ってくるための飛行機のチケッ
トが手に入らない学生のために、個別に授業の資料を準備して
送らなければならなかったので(学生は教材を持っていない状況だ
から)、生きているのに生きた心地がしないとまで思うように
なった。帰国した学生が2週間の自宅隔離を守っているかどう
かをいちいち確認する作業までしていたから、日常が日常でな
かった。すべての業務がカカオトークによってなされるので、
1時間見ないだけで爆弾のように未読のメッセージが溜まって
いき、手に負えない状況だった。

　そういう状況にもかかわらず、これらすべてのことが全員
いっしょに経験している患難であったため、お互いに助け合お
うとする姿から希望を確信することができた。新型コロナウィ
ルス以前には想像することもできなかった、先生同士による資
料の共有が行われるようになったのだ。先生たちが、他の先生
が動画を準備するのに少しでも力になろうと、自分が持ってい
るパワーポイントの資料をグループチャットに惜しみなくアッ
プしてくれた。苦痛を分かち合おうとする先生たちの姿に感銘
を受けた。また、面と向かってではなく文字を通してだけれど
も、どんな小さなことでも「ありがとうございます」「お疲れ様
です」「頑張ろう」と肯定のメッセージを必ず送っている。先生
たちと面と向かっているときは、日常的なあいさつや業務内容
しかやり取りしない儀礼的な関係だったのが、今は心をやり取
りする関係となった。

学生との関係も同じだ。オフラインで授業をしていたときより、関係が深まったように思う。毎朝9時に授業のリンク先をアップする際、「今日もがんばって」というメッセージを必ず送るようになった。なぜなら、先生として授業を準備するのも大変だが、動画を視聴しなければならない学生の苦労についても察しが付くからだ。学生たちも「頑張ってください」「ありがとうございます」と常に応えてくれる。また、課題ができなかったとメッセージを送ってきた学生にも叱咤ではなく、「明日はできると信じよう」と返答することにしている。翌日、約束を守る姿を見せてくれたときは「ありがとう」を忘れない。課題への円滑なフィードバックができないことを謝ると、学生たちは「大丈夫です」と、むしろ先生である私を慰めてくれる。いっしょに外を闊歩して春を満喫することはできないけれど、心の原っぱでは花が満開に咲く2020年4月の春だ。

　短期戦で終えられると思っていた新型コロナウィルスによる奇襲攻撃が長期戦に突入し、オフラインによる開講はどんどん延期され、結局5月4日からと決定された。しかし、これも確かにそうなると言い切れないのが現実だ。今日一日の命もままならず、もしかしたら明日も戦争のような一日が待っているかもしれない。しかし私たちには、患難を再生へと変える、「アキレウスの盾」のような力があるのだ。アルベール・カミュの『ペスト』に登場する医師のリウーは、制御できない伝染病と闘う唯一の方法は誠実さだと言った。誠実さとは何かと問われると、リウーは「自分の職務を果たすこと」と答えた。患難の真っただ中に立っているけれど、私は私の場所で私の仕事に最善を尽くすという誠実さを守り続けなければならない。この患難が私たちを成長させ、生まれ変わらせてくれるものだと信じているから。

手

ハ・スンミ 手話通訳士・社会福祉士

　会議のためソウル行きの電車に体を預けなければならない時間だけれども、リビングでニュース番組を見ている。無理をしてでも行こうとしない私も、旧態依然として来いと言い出せない彼らも困難を強いられているのは同じだ。招かれざる客、新型コロナウィルスだけに襲われているのではない。

　亀尾市にある夫の会社では「大邱禁止令」が出された。毎日通勤していた夫は、大きなキャリーバッグを手に会社の寮に入り、電話で近況を伝えあっている。何回にもわたって学校再開が延期になり、高校の入学式もできないまま家に閉じ込められている息子は、カカオトークのチャットルームで先生と初めてのあいさつを交わした。学校に行きたいと毎日歌っている。集まりもイベントもみなキャンセルあるいは延期になり、依頼されていた講座も次々とキャンセルになっている。すべての講座が、私が大邱の人間だから講師を変えるつもりのようだ。経験したことのない日常が、サツマイモの茎[1]のごとく長く続く。

　ニュースの手話通訳のため放送局に向かう。道は人も車も目に見えて少ない。それでもいつもどおりに行けるところがあることに感謝して到着した放送局は、実に映画の一場面のよう

1）韓国ではナムルやキムチなどによく使われる食材。

だ。感染者が何人増えた、感染者の動線はどうだ、病室の状況
はどうだとか、死亡者は何人いるかといったリアルタイムな報
道をするために、記者が飛び回る。地上波から総合編成チャン
ネルまですべてのニュース番組が映し出される壁はもっと緊迫
している。午前のニュースを皮切りに慶尚北道大邱市定例会見
特報、午後のニュースまで、新型コロナウィルスで始まり、新
型コロナウィルスで終わる一日を手で伝えていくと、精神が焦
点を失う。頭の中で数千匹の蝉が鳴き、全身は太いロープでぐ
るぐる巻きにされた気分だ。

　心に酸素を入れるために本を開くが、文字が定まらず揺らめ
く。小説、自己啓発本、詩集、とっかえひっかえしてみるが同
じことだ。からまっている糸のように散漫な頭では、どんな活
字にも集中できずに蝉がうなる。すぐにスマートフォンの中の
世界を覗き込む。

　SNSに一人用テント数十張(はり)が並んで立てられている写真が
ある。知り合いが勤務する高齢者施設が集団隔離を行うことに
なったというのだ。施設で生活する高齢者の宿泊所は既にある
が、交代で勤務する社会福祉士、療養保護士〔ホームヘルパー〕の
宿泊所がないために考案した救済策だという。高齢者の安心し
た生活のために集団隔離を決めた彼らは、冷たい講堂の床で、
たくさん並ぶテントで2週あるいはそれ以上過ごさなければな
らない。私の背筋に冷たいものが走る。

　放送局の記者にそっとテントの写真を見せる。記者が初めて
目にする光景に関心を示した数日後、記事となってニュースに
取り上げられる。隔離の原則を守るために施設内の動画を自ら
撮影した社会福祉士たちは、社会を支える縁の下の力持ちだ。

　日ごろから障害者の人権を守るために最前線で働いてきた知

人が、SNSを通じて叫び声を上げる。感染者との接触者の中に、重度の障害者をサポートしてきた障害者活動支援士がいたため、障害者も自宅隔離とならざるを得ず、家にひとり取り残されてしまったというのだ。ひとりでは生活できない重度の障害者に強いられる日々の苦痛が、彼自身の絶叫となったのだろうか? 程なくして手を上げる者が現れる。そうして誕生した何人かの英雄たちは、障害者との隔離生活について日常の写真を白日の下にさらしていく。

カップラーメンにレトルトご飯、缶詰がほとんどの食卓に胸がひりひり痛む。ふと、いつも社会福祉に関心と支援を惜しまないある食堂の社長も新型コロナウィルスで厳しい状況にあるという話を思い出した。「社長、本当に申し訳ないんですけど、自宅隔離中の障害者の家に食事を配達してもらえないでしょうか? 活動支援士もいるので2人分を扉の前に置いていただければいいのです」。もともと出前を行っていた店ではないけれど、おまけとしてデザートまで配達してくださった社長の配慮も写真となって、私のスマートフォンに届く。

認知症の高齢者が何日もひとりで家にいるため、療養保護士と看病者の募集を公告しなければならない。給食カード[2)]加盟店の休業により、子供たちがコンビニの食べ物だけで食事を済ませてしまったり、学校再開の延期により給食を食べられなかったりしているという。支援要請が必要だ。目の行き届いていない至るところから助けを要請する書き込みがアップされている。絶対量が不足しているマスクの製造を、危機に直面している地域の小規模企業や零細自営業者にお願いするという記事がある。地域児童センターが、子供たちに食事を提供するため

---

2) 基礎生活受給者〔生活保護受給者〕の家庭の子供に支給される食事用のプリペイドカード。支給されたカードは加盟店やコンビニで使える。

に地域の食堂と連携するようになり、そのリンクが貼られている。あちらこちらで心温まる連帯も生まれ、それを指先で広め共有する。応援のコメントも書き込んでみる。自分より差し迫っている人たちのために公的マスク〔政府指定の公的販売所で販売するマスク〕を4週間買わないという譲り合いリレーには「いいね」を押して、私も参加する。

　人々は訊く。手話通訳士はなぜマスクをしないのかと。黒っぽい服ばかり着る理由があるのかと。手話は手の動きのみで成り立っている言語ではない。手の動きが意味する感情が多ければ多いほど、表情や体の動きもいっしょに乗せなければ完全な言語とならない。そのうち表情は最も重要な役割を担う。だから手話をするときに顔を隠すことは、口を閉じて話すことと同じことなのだ。だから危険など二の次にするしかないのだ。また手話において手が主人公だとすれば、体は背景だ。主人公がはっきりと目に入るように、黒のような暗い色の服を着る。手話通訳士の美しさではなく、内容の伝達力が重要だからだ。

　危機はチャンスだとか。国による主なブリーフィングにおいて高齢者（聴覚に障害のある人のうち手話を第一言語として使う人）は、常に阻害されてきた。新型コロナウィルスが発生した当初、放送局の一部ニュース番組でしか手話通訳が入っていなかった。だから、全国の高齢者が、自分たちの知るべき権利のために青瓦台の国民請願[3]まで行って、先進国のように発話者の隣でリアルタイムによる手話通訳を入れてほしいと要請をし、ついには新型コロナウィルス定例ブリーフィングにおいて手話通訳士も並んで立てるようになった。テレビの中のワイプ映像で

3）韓国大統領府のホームページに設置されている、国民が政府に希望を申し出ることができるオンラインサービス。

はない、全国民に向けた発話者のまさに横で手話通訳を行う最初の事例となったのだ。国によるブリーフィングの手話通訳に歴史をつくったというわけだ。

　相変わらず私の手は放送局で、そしてスマートフォンの上で忙しく動いている。私が私たちのためにできることはせいぜいこれしかないのだが、歓迎されない新型コロナウィルスの渦中にもサツマイモの茎よりたくさんのぬくもりを感じられるのは、各自の場所でできる限りの最善を尽くしている大邱市民、国民の力のおかげだ。今はまだ握ることのできない互いの手だけれども、見えないウィルスには、助け合う共同体の手によって打ち勝てるだろう。
　早く外に出て人々と笑い合いたい。いっしょにご飯を食べたい。

2020年の春を待ちながら

ホン・ヨンスク _{フリーランサー、詩人}

木蓮

　とどまることなく流れる川の水と、丘一面を埋めつくした青い若草が私に語りかける。窓と丘のあいだの距離を保ったまま、私たちは互いに挨拶する。スマートフォンが震える。全羅南道（チョルラナムド）に咲いた花が春の便りを届けてくれた。背景画面は明るい。木蓮も咲いただろうか。ふと気になる。毎年この頃になると決まって駆けつけた場所。八空山（パルゴンサン）の木蓮の森、真冬に降り積もる大雪のように、送れなかったハガキのように、話し声のように、歌声のように軽やかに舞う白い花の中で、ひとりぽつんとうずくまっている家。

　半分ほど崩れかけた屋根と、ぼろ布のようにぶら下がっている割れた窓、見捨てられた黄ばんだコンクリート壁。自分の存在を、ただそこにいるだけではっきりと感じさせる。見捨てられた、という表現は正しいのだろうか。一気に押し寄せた春、満開に咲き誇る花々とその母体である木は、ただの一度も傍を離れたことがないというのに。一定の距離を保ったまま、いつも同じ場所に佇んでいる家と木。花は待ち続けた時間へのご褒美だろうか。静かでやさしい花の慰めが恋しくなる。

琴湖江辺

　平日の昼間、間延びした時間の中を顔を隠した人々がぽつぽ

つと通り過ぎていく。互いに目を背けながら、互いを意識する。自転車が通り過ぎる。風のように。自転車の時間は、身体にぴたりと密着するサイクルウェアのように張りつめているのだろうか。私は、急ぎ足でもスローモーションのようにゆっくりとしか歩けない。水鳥の群れが飛んでいく。羽をたたんで、水の中へと真っ逆さまに急降下する。白い足裏が露わになる。必死に水を掻いていた足裏が、飛んでいるときは見えなかった足裏が、逆立ちしてシーソーのように水中へ沈んでいく。捕えられた獲物がくちばしでもがいている。水よりも深い水中にいるようだ。まだ充分に水を吸っていない枯れ枝のあいだを、二羽の雀がさえずりながら飛びまわる。一羽がチュンチュン鳴くともう一羽もチュンチュン鳴き、一羽がチュチュンチュンと鳴くともう一羽もチュチュンチュンと鳴く。まるで輪唱のように。一方が追いかけるように飛ぶと、もう一方は同じ距離だけ逃げる。鳥も距離を置いているのだろうか。余計なお世話だろう。鳥の会話は陽だまりのように明るい。耳に心地よく響く。シェパードが、リードをぴんと引っ張りながら走ってきてワンワン吠える。鳥は飛び去り、私は驚いて後ずさりする。

春

　キッチンの時計はただの置物と化した。朝なのに、まだ朝ではない。朝、昼、晩をわざわざ分ける理由がなくなった。一日三食とることに心なしか罪悪感を覚える。本を開いても目に入ってこない。文章を書くことは贅沢で、書いていること全てが嘘にみえる。やるべきことは山ほどあるが、できることが何もない。計画を実行してこそ時間が真価を発揮するというのに、前々からの計画すらどうなるかわからない日々が続く。こうやってじっとしていてもいいのだろうか。アイデンティティ

と価値観に、クエスチョンマークがつきまとう。何もできない
ときは何もしない、じっとしているべきときは、ただじっとし
ていることが役立つときもある。そして、私にとって今がその
ときだ。自分自身に、これでいいのだと言い聞かせる。ともす
れば、今こそ自分の内面を探求するのに打ってつけのタイミン
グではないだろうか。「外に出られないなら中へ！」まだ時間が
必要だ。花が咲いたからといって、必ずしも春とは限らないの
だから。

キングダム

　最近流行りの韓国版ゾンビ時代劇だ。疫病が蔓延する朝鮮時
代を舞台に、それぞれの思惑が絡み合う二つの権力争いを赤
裸々に描く。ドラマは現実を映し出す鏡。まさに、今の私たち
の姿だ。でも、私たちはむやみに振り回されたりしない。全世
界で同時多発的に広まったウイルス。雪だるま式に増える感染
者。都市は一瞬にして恐怖に襲われ、不穏な空気の中、自発的
に活動自粛を続けている。SNSやメディアなどを通じて情報を
共有し、励まし、支え合う。リアルタイムで伝えられる世界各
国の様々な対応に触れ、私たちの現在地を確かめる。そして私
たちは知っている。世界中が驚くほど、賢明に対処していると
いうことを。海外メディアがこぞってそれを証明している。し
かし、まだ終わったわけではない。アルベール・カミュは著書
『ペスト』で、「誰でもめいめい自分のうちにペストをもってい
るんだ。(…)そうして、引っきりなしに自分で警戒していなけ
れば、ちょっとうっかりした瞬間に、ほかのものの顔に息を吹
きかけて、病毒をくっつけちまうようなことになる」と書いて
おり、決して気を緩めてはいけないと警告している。今もそう
だ。

「コロナ」は必ず終息を迎える。そして私たちは、そう遠くない未来、その先で今とは違う新しい自分に出会うだろう。その日まで私たちは、共に歩み続ける。現場で日夜奮闘している方々に、改めて感謝と応援を贈りたい。

✿ 編者紹介

申重鉉 （シン・ジュン ヒョン）

図書出版　學而思代表。

1962 年生まれ。大学卒業後、1986 年に理想社（學而思の前身）へ就職して以来、本作りに携わっている。

學而思は大邱を拠点に人文・小説・随筆・詩・児童・地域史などの出版を手がけている出版社（1954 年創業）。地域に根づいた出版を行うと同時に、読解力を養う一般読者向けの「読書アカデミー」を開設するなど、読者とともに本づくりを行っている。

新型コロナウイルスを乗り越えた、
韓国・大邱市民たちの記録

2020年6月30日　初版第1刷発行

編者 ……………………… 申重鉉
訳者 ……………………… CUON 編集部
ブックデザイン …………… 桂川　潤
DTP ……………………… gocoro　松岡里美
印刷・製本 ……………… 大盛印刷株式会社

翻訳協力 ………………… 李聖和、伊賀山直樹、五十嵐真希、生田美保、
　　　　　　　　　　　　大森美紀、小山内園子、片貝亜弓、桑畑優香、
　　　　　　　　　　　　小林由紀、斉田麻衣子、申樹浩、趙倫子、名村 孝、
　　　　　　　　　　　　野力千鶴、バーチ美和、萩庭雅美、藤田麗子、
　　　　　　　　　　　　藤原友代、牧野美加、松原佳澄、横本麻矢、
　　　　　　　　　　　　山口裕美子、吉川 凪、渡辺麻土香

発行人 ………………… 永田金司　金承福
発行所 ………………… 株式会社クオン
　　　　　　　　　　　　〒 101-0051
　　　　　　　　　　　　東京都千代田区神田神保町1-7-3 三光堂ビル3 階
　　　　　　　　　　　　電話 03-5244-5426　FAX 03-5244-5428
　　　　　　　　　　　　URL http://www.cuon.jp/

copyright © 2020 by CUON Inc.　Printed in Japan
ISBN 978-4-910214-07-8 C0098

大邱が新型コロナウイルスの攻撃を 全身で食い止めた経験は、 未来を準備するのに 役立てられなければならない

新型コロナウイルスの猛威に襲われた韓国、大邱。感染拡大を
食い止めるため、地元はもとより韓国各地から医療従事者たち
が集まった。医師や看護師ら31名が、生々しい現場の様子や
患者たちの横顔、使命感と恐怖の狭間で揺れる思い、予想され
る第2波に向けての提言などを率直に綴った一冊。

『新型コロナウイルスと闘った、韓国・大邱の医療従事者たち』

編者　：　李載泰（イ・ジェテ）
訳者　：　CUON 編集部
価格　：　1,800円＋税
ISBN：　978-4-910214-08-5　C0098

ためしよみ▶